# 天狗と神隠し

Riichi Takao
高尾理一

CHARADE BUNKO

Illustration

南月ゆう

CONTENTS

# プロローグ

珍しい蝶《ちょう》を追いかけているうちに、ふと気がつくと、冬征《とうせい》は一人になっていた。

両親と一緒に険しい山道を登ってきたのに、あたりを見渡しても父と母の姿は見えない。

この山へは、父が運転する車に乗ってやってきた。

母とつないでいた手は、いつ離してしまったのだろう。

背の高い木々が林立し、枝葉が鬱蒼《うっそう》と茂っている山中は昼間でも薄暗く、ときおり聞こえる鳥の鳴き声が不気味に響くだけで、人の気配は感じられない。蝶も見失ってしまった。

怖くなった冬征は、声をかぎりに叫んだ。

「おかあさん、おとうさん……、どこー！」

返事はなかった。

「おかあさーん！　おとうさーん！」

もう一度、さらに大きな声で両親を呼んだけれど、やはり返事はない。静まり返った空気が、五歳の冬征の小さな身体《からだ》にのしかかってくる。

「……っ」

はぐれてしまったことを理解し、冬征は慌てて来た道を駆け戻った。

山道はやぶで覆われているうえに、でこぼこしていて、何度も転んだ。起き上がっては駆け、ときどき立ち止まって大声で叫ぶ。

しかし、返ってくる声はなく、自分の声が虚《むな》しく木霊《こだま》するばかりだった。駆けても駆けても両親は見つからず、麓にもたどり着けない。

冬征は疲れて立ち止まった。自分がどこにいるのかもわからなくなり、ふらふらと大木の根元に座りこんだ。

早く両親のところに戻らないと、叱られる。近ごろ、父は怒りっぽくなり、母はよく泣いていた。お腹《なか》が空いているのに、ご飯を食べられない日がよくあった。

もしかしたら、この山に置き去りにされてしまったのかもしれない。

暗くて静かで恐ろしい山のなかに、独りぼっち。

「うっ……うわあぁん……！」

冬征は悲しくなって泣きだした。

そのとき、大きな羽音がして、冬征の近くになにかが降り立った。

「どうした。迷子になったのか？」

父とは違う男の声に、冬征は勢いよく顔を上げ、絶句した。

目の前に立っていたのは父よりも若い男性で、見るからに異様であった。着ている服がへんてこだったし、なにより、背中に黒い翼を背負っている。

ぽかんと口を開けて見上げている冬征に、男は人懐こい顔で微笑《ほほえ》みかけた。

「怖がることはない。俺は水篶《みすず》という。この山に棲《す》んでいる。お前の名は？　どうしてこんなところで泣いている？」

翼が気になったものの、優しい笑顔と声に警戒心を解いた冬征は、たどたどしく事情を話した。

「……そうか、両親とはぐれたんだな。俺が一緒に捜してやるから、泣くな。その前に、傷の手当てをしてやる。足も腕も血が出てるぞ。転んだのか？」

そう言われて、冬征は改めて自分の身体を見た。

半袖シャツに膝上丈のズボンは、土がついて汚れていた。剝《む》きだしの肘や膝には大きな擦り傷があり、血が滲《にじ》んでいる。

緊張のせいか、今までなんともなかったのに、認識した途端に、傷口が盛大に痛みを訴えかけてきて、冬征は顔をしかめた。

「怪我《けが》をしてもたちどころに治る秘薬の傷薬ってのが、どこかの山にはあるらしいんだけど、俺は持ってないんだ」

冬征にはよくわからないことを言いながら、水篶は懐から取りだした布と、腰に携えた竹筒に入っていた水を使って傷口を綺麗《きれい》にすると、着ていた着物の袖を破いて包帯状にし、肘と膝に巻いて保護してくれた。

「きちんと礼が言えて、いい子だな、冬征は。さぁ、父ちゃんと母ちゃんを捜しに行こう。抱っこしてやるから、しっかり摑《つか》まってろよ」

「あ、ありがとう」

抱き上げられて、冬征は水篶の首元にしがみついた。

黒い翼が広がったと思ったら、鳥のように羽ばたいて、水篶と冬征は空に浮かんだ。

「わぁ！」

冬征は歓声をあげた。怖くはなかった。それどころか、空中散歩は楽しくて、両親とはぐれて泣いていたことや、じくじく痛む怪我のことを束《つか》の間《ま》忘れてしまったほどだ。

水篶は冬征を抱いて、飛んだり歩いたりしながら、冬征に両親を呼ばせた。依然として返事はない。

「麓まで車で来たと言っていたな。なら、車のところで待ってたほうが……」

水篶の足が止まり、言葉が途中で途切れたので、冬征は水篶が見ている方向へ顔を向けた。木になにかがぶら下がっている。

「……見るな」

水篶の懐に抱きこまれて、冬征の視界は閉ざされた。

# 1

山際に沈んでゆく夕日を、水鷟は窓越しに眺めていた。

六月に入ると、日が暮れるのが遅くなった。オレンジ色に染まった空を、群れをなした烏《からす》たちがカァカァと鳴きながら飛んでいる。

きっとねぐらへ帰っていくのだろう。

同じような黒い翼が水鷟の背中にも生えているのに、水鷟には仲間がいない。

水鷟は独りぼっちの天狗《てんぐ》だった。

荒磐岳《あらいわだけ》のご神木である松の樹の股で産声をあげたのは、九十年前。空木《うつぎ》という名の烏天狗が取り上げ、育ててくれた。

「そよ風が吹いたみたいな産声だった。弱々しすぎて、産まれたことにしばらく気づかず、お前は危うく飢え死にするところだった」

のちに、空木はそう語った。

天狗とは男しかいない種族で、不浄を嫌うため、女と交わることはなく、ややこは御山のご神木の樹の股から産まれてくる。

ややこ天狗の誕生はめでたいものだが、空木が気づかなかったのも無理はなかった。

水鷲が生まれたときには、すでに荒磐岳を守護していた主《あるじ》の大天狗は寂滅していた。ひと月ほど前に大きな台風と大雨が荒磐岳を襲い、被害を食い止めようと神通力を使い果たしてしまったという。

大天狗は山の神である。山を富ませ、天災から守り、人間の侵入を拒む結界を張って、天狗たちの棲む世界を創るのが大天狗の役割だ。

主を失った荒磐岳の天狗たちは早々に山替えをすべく、ほかの大天狗が守護する山へ去っていき、空木だけが故郷を捨てきれずに残った。

痩せゆくばかりの山で新しい命を授かるなんて、空木は考えもせず、そよ風のような産声を聞き漏らしてしまったのだ。

奇跡のごとく誕生した水鷲を、空木は慈しんで育て、空木が持っている知識を教え、知恵を授けた。神通力の使い方を学ばせ、人間には近づいてはいけないことを諭した。口うるさいところもあったが、いつも水鷲を庇《かば》い、守ってくれた。

優しく、ときに厳しく、愛情のすべてを水鷲に注いでくれた空木は、水鷲が十三歳のときに死んだ。

水鷲は本当に独りぼっちになってしまった。

ほかに仲間はいなかった。寂しくて寂しくて、たまらなく寂しくて、神威をなくしたご神木の根元に一人ぽつねんと蹲《うずくま》り、泣きじゃくった。

泣き疲れ、涙も枯れ果てた水篶を支え、立ち上がらせたのは、亡き空木の、水篶に生きてほしいという願いだった。

空木はいつも、水篶の胸のなかにいる。

確かめるように、水篶は己の左胸をそっと手のひらで押さえた。

水篶を一人にしてしまうことを、空木は最後まで心配していたけれど、水篶は今、孤独ではなかった。

二階建てアパートの階段を、急ぎ足で上ってくる足音が聞こえる。

足音は水篶がいる部屋の前で止まり、鍵がまわる音がして、ドアが開いた。

「ただいま」

冬征が仕事から帰ってきたのだ。

「おかえり」

水篶も答えた。

声だけのやりとりをしている間に、薄暗い室内に明かりが灯《とも》った。

八畳の洋室と三畳のキッチン、風呂とトイレがついた狭いアパートである。玄関に立てば、室内のすべてが見渡せる。

ベッドに腰かけている水篶を見て、冬征は嬉《うれ》しそうに笑った。

冬征の笑顔は太陽みたいで、いつだって水篶の心を温かくしてくれる。

冬征は水篶と目を合わせたまま真《ま》っ直《す》ぐに歩み寄ってくると、水篶をぎゅっと抱き締め、また小さく、ただいまと呟《つぶや》いた。

水篶の背中にある翼は、部屋にいるときは邪魔なのでしまっている。天狗の翼は出したりしまったりが、自由にできるのだ。

左右の肩、肩甲骨から背骨など、水篶の形を確認するように、冬征は両手を使って撫《な》で摩った。

好きなようにさせてやりながら、水篶ももう一度おかえりと囁《ささや》いた。

林業作業士として山林で働く冬征の肉体は逞《たくま》しい。百八十五センチと背も高く、小柄な水篶はすっぽりと彼の懐に包みこまれてしまう。

長袖長ズボンの作業着から、汗と山の匂いがした。木と土と水と、清浄な空気。水篶の心を落ち着かせる匂いだ。

一分ほど抱き締めつづけて、ようやく満足したのか、冬征が身体を離した。

この抱擁は冬征が幼いころからの習慣、というより、儀式のようなものだった。朝、出勤するときにも、行ってきますと行ってらっしゃいで、同じことを繰り返す。

冬征は、水篶がいつか彼を置いて去ってしまうのではないかと不安に思っているのだ。冬征がいない間になにをしているのかも、気になるらしい。

「今日はどこかへ出かけた？」

出かけたと答えたら、どこへ、なにをしに行ったか、根掘り葉掘り聞かれる。

水篶は首を横に振った。

「いいや。部屋でごろごろしてた。お前、腹減ってるんだろ？　早く用意して食え」

「その前にシャワーを浴びるよ。ちょっと待っててね」

「おう」

バスルームに入っていく冬征の背中を、水篶は複雑な視線で見送った。

大学の農学部で森林科学を学んだ冬征は、卒業後に民間の林業会社に就職した。

朝は八時には仕事場である山林に入り、日が暮れると作業を終え、事務所に帰ってきて事務作業をし、明日の段取りを整えてから帰ってくる。

基本的に残業はなく、先輩や同僚たちと終業後に飲みに行ったりすることもない。忘年会など、会社が主催するもの以外は誘われても断っているようだ。

ただ、水篶に会いたいがために、一分一秒でも早く家に帰ろうとする。

学生時代ならともかく、会社でそんなことをしたら、つき合いの悪いやつだと嫌われたり苛《いじ》められたりするのではないかと水篶は心配なのだが、冬征はいっかな気にしていない。

水篶が出かけていないときでも、真っ直ぐ家に帰ってきて、水篶の戻りをひたすら待っているというのだから、どうしようもなかった。

五分もしないうちに、冬征がバスルームから出てきた。

Tシャツにスウェットパンツを穿《は》き、タオルで濡《ぬ》れた頭を拭きながら、一番に確認するのはやはり、水鴛の姿である。

目を離した隙に水鴛がいなくなるかもしれないという不安は、もはや強迫観念となって冬征の心を支配している。

そうさせてしまった原因は、水鴛にあった。

冬征がキッチンに立って夕飯の用意をし始めると、水鴛はベッドから下りて彼のそばに寄っていった。

調理の最中でも、冬征は水鴛を気にして手元が危なくなるので、チラ見しなくてもいいように、近くにいてやることにしていた。

「今日はなにを作るんだ？」

「豚と野菜があるから、味噌《みそ》炒《いた》めにしようかな」

冷蔵庫から食材を取りだして、冬征は手際よく準備を進めていく。

大学入学と同時に一人暮らしを始めた冬征の自炊歴は、七年になる。水鴛は横で見ているだけだ。

どうせ暇な身だし、食事の支度や洗濯、掃除など、身のまわりのことを手伝ってやればいいのだが、天狗である水鴛が触れると、どういうわけか、電化製品は壊れて動かなくなってしまう。

電子レンジ、冷蔵庫、洗濯機、アイロン、果ては腕時計まで、水篶の過失で壊したものは数知れない。修理代がかかって冬征に負担を強いるだけなので、水篶はなにも触れず、なにもしないと決めていた。

冬征が味噌だれを作っているとき、インターフォンが鳴った。

宅配便の配達だった。ドアを開ければ、何度か来たことのあるセールスドライバーが、重そうな段ボール箱を抱えて立っていた。

「朝倉昌代《あさくらまさよ》さんから、クール便でお届けです。朝倉冬征さん宛てでお間違いないですか」

「はい」

朝倉昌代は冬征の祖母である。

受領の判子を捺《お》す冬征の隣に、水篶は立っていた。

篠懸《すずかけ》に括袴《くくりばかま》という山伏のような恰好《かっこう》は、天狗にとってはスタンダードな衣装だが、人間が着ていれば珍しく、人目を引く。

しかし、ドライバーは水篶のほうに目をやりもしなかった。彼の左手薬指には、結婚指輪が嵌《は》められていた。

不浄を嫌う天狗の姿は、女性や女性と交わった男性には見えない。年齢は関係なく、女性との交わりを知らない無垢《むく》な男子だけが、人間界の理《ことわり》から外れたあやかしの存在を、目に映すことができる。

つまり、冬征は二十五歳にして童貞なのだった。

冬征の容姿は、水篶の贔屓目《ひいき》を差し引いても、男らしく整っている。意志の強そうな目元と、少しこけた頬、涼やかな口元は、黙っていれば彼を酷薄そうに見せるが、笑えば途端に人懐こく感じさせる、なんともいえない魅力を宿していた。ハンサムで文武両道にも秀でていて、性格は優しく、気が利いて料理上手とくれば、女性のほうが放っておかない。

これまで数多くの女性から告白や交際の申し出があったが、冬征はすべて断ってきた。このまま不惑になろうと還暦を迎えようと、童貞を貫く覚悟らしい。

愛する水篶と、生涯ともにいたいがために。

『人間は人間のなかで生きていくものだ。天狗と人間は、寄り添い合って生きていけるものではない。寿命が違う。考え方が違う。棲む世界が違う。我々天狗は、人間に深入りしてはならぬのだ。決して』

空木の遺した言葉が、水篶の脳裏をぐるぐるまわった。

この言葉を、思い出さない日はない。

天狗が山を下りて人間界に身を置くことも禁止であると、空木は厳しく水篶に言い渡した。数百年前ならともかく、現代は人とあやかしが共存できる時代ではなくなっている。

水篶は空木の言いつけを破ってばかりだ。

自分がいては冬征のためにならないと思い、涙を呑《の》んで冬征から離れようとしたこともあったが、徒労に終わった。

ドライバーが帰り、冬征は玄関口にしゃがみこんで段ボール箱を開けている。

箱のなかには大根、にんじん、リンゴ、グレープフルーツなどがそれぞれ丁寧に梱包されて、ぎっしりつまっていた。

「根昆布の佃煮《つくだに》に、ジャムまで入ってる。こんなに気を使ってくれなくてもいいのに」

祖母の手作りの品を箱から取りだして、冷蔵庫にしまっていく冬征の顔は、嬉しさよりも申し訳なさが勝っている。

「お前にいろいろしてやりたいんだろ。たった一人の孫なんだから」

「……」

冬征は肩を竦《すく》めただけで、答えなかった。

それでも、送られてきたものを片づけ終えると、夕飯の準備を中断したまま、携帯電話で祖父母の家に連絡を入れた。

「おばあちゃん？　俺、冬征。荷物届いたよ、ありがとう」

電話の向こうの祖母の声は、久しぶりに孫と話せる嬉しさで弾んでいる。

取り立てて聞き耳を立てているわけではないが、天狗の聴力は人間よりも優れているので、聞こえてしまうのだ。

『調子はどうだい？　元気でやってる？』

「うん。変わりない。病気もしてないし、日の出から日の入りまで、規則正しく山で働いてると、どんどん健康になっていく気がするよ」

『それならいいけど……。今月も仕送りをありがとうね。でも、おじいさんの年金もあるし、うちのことは気にしないで、お前のお給料は自分のために使っていいんだよ』

「大丈夫だよ。貯金もしてるし、ちゃんと考えてるから。なかなかそっちに帰れないけど、なにか困ったことがあったらすぐに連絡してね」

祖母と話す冬征の口調は優しげなのに、どこか他人行儀な硬さがある。

両親を亡くし、七歳のときに祖父母に引き取られた冬征は、大学生になったのを機に家を出た。

これ以上の迷惑はかけられないと大学在学中は仕送りを断り、奨学金とアルバイトでやりくりして卒業し、就職してからは、養育費を返すという名目で仕送りをしている。

祖父母が冬征を邪険に扱ったり、金銭を惜しんでねだったりしたことは一度もない。

彼らは娘夫婦の忘れ形見である冬征を、それはそれは可愛《かわい》がって育てた。今でも、冬征が望むことなら、なんだってしてくれるだろう。

だが、冬征が求めていたのは祖父母の愛情ではなかった。祖父母がどれだけ心を砕いても、冬征が打ち解けることはなかった。

冬征の心のなかには水篶がいる。

いついかなるときも。

水篶の存在は、すべての物事に優先した。

それは間違いであると正してやることが、水篶にはできなかったのだ。


二十年前に、水篶は荒磐岳で冬征を拾った。

荒磐岳は登山に向いていない山である。

標高はそれほど高くないのだが、傾斜がきつく、ところどころに断崖があり、山頂まで登れるルートがない。

おまけに山中には猪《いのしし》や熊などの野生動物がいて、四十年前に筍《たけのこ》を掘りに来た夫婦が熊に襲われて死亡した事件が新聞に載ったのをきっかけに、入山者はほとんどいなくなった。

年月を経て事件が風化していくと、軽率な若者たちが肝試しに訪れることがあったが、すっかりやぶに覆われてしまった登山道の険しさと、陰鬱とした山の暗さに怯《ひる》んでそそくさと帰っていく。

山を軽視する無粋な人間たちの訪いは、数年に一度くらいだったから、水篶は腹を立てることもなかった。

ある日、山頂近くにいた水篶は、幼い子どもの泣き声を耳にした。

様子を見に下りていくと、蹲って泣いている子どもがいる。それが冬征だった。

事情を聞けば、険しい山道をあるいは父に抱かれ、あるいは母に手を引かれて登ってきたが、いつの間にかはぐれてしまったと言う。

子ども連れの家族がハイキングを楽しむような山ではないので、驚いたものの、水篶は冬征を抱き上げて両親を捜してやることにした。

両親はすぐに見つかった。

木に括られたロープで首を吊《つ》り、変わり果てた姿になっていたけれど。

のちのちわかった事情によると、借金苦による一家心中を試みたらしい。冬征も道連れにする気で連れてきたようだが、冬征は途中ではぐれてしまった。

両親が迷子の息子を捜さず、先に逝《い》ってしまった理由はわからない。自分たちの手にかけるのが忍びなくて放っておいたのではないかと、水篶は考えている。

人が滅多に来ない山で、五歳の子どもが一人で生き延びられるわけがなく、水篶がいなければ、冬征はいずれ崖から落ちるか、飢えるかして死んでいただろう。

水篶は二人を木から下ろし、地面に横たえた。

埋葬してしまえば、彼らは誰にも見つけてもらえない。捜しに来る人のために、枯れ葉で覆うにとどめておいた。

遺体を冬征には見せないように注意はしたが、彼は幼いなりに両親の死を理解し、一人残されたことも悟った。

最初、水篶は冬征を山から下ろし、民家の近くまで連れていくつもりだった。子どもが一人でいれば、見つけた誰かが保護してくれる。

だが、当の冬征がいやがった。

「おとうさんとおかあさんしか、いない。誰も助けてくれない。うちにも帰りたくない。だって、怖い人が来て、ドアをどんどん叩《たた》いて怒鳴るから。食べるものもなくて……お腹が空いて……ぼく、ぼく……うわぁん！」

恐怖に彩られた顔で身も世もなく泣かれると、水篶も冬征が可哀想《かわいそう》になってしまった。

山に迷いこんだ人間は、必ず人間の世界に帰してやれ、というのが空木の教えだったが、両親を亡くし、ほかに頼る人もなく、なにやら不穏な輩《やから》が押しかけてくるような家に帰したら、冬征はどうなるのだろう。幸せな日々が待っているとは思えない。

まだ、こんなに小さいのに。

水篶は冬征の前で膝をつき、目線の高さを合わせて訊《き》いてみた。

「うちに帰りたくないなら、俺と一緒にこの山で暮らすか？」

「うん」

泣き濡れた顔を上げ、冬征は迷いもせず、強く頷《うなず》いた。度胸が据わっている。

いや、まだなにも知らない子どもだからこそ、頷けたのか。

「人間の、それも子どものお前に、山暮らしはつらいかもしれない。山を下りたくなったら、正直に言え。すぐに人間のところへ帰してやる」

冬征を安心させるためにそう言ったが、冬征はぶるぶると首を横に振り、勢いよく水鷟にしがみついてきた。

「……！」

水鷟は驚いた。

まるで、宝物が飛びこんできたみたいだった。

「おかあさん、おとうさん……」

自分を置いてこの世を去った両親を、冬征は泣きながら呼んだ。

その声の悲痛さに、水鷟も泣きそうになった。

必死で縋《すが》りついてくる子どもの体温は高い。折れそうなほど細く、熱い身体を抱き締め、この子は俺が守ってやろう、親の代わりに大事に育ててやろうと水鷟は決めた。

山頂近くに雨風を凌《しの》ぐ小屋をかけ、二人の山暮らしが始まった。

水鷟が誰かと一緒に寝起きするのは、空木が亡くなって以来五十七年ぶりだった。

人間がどのように暮らしているのかは、人里に下りて、こそっと見学したことが何度もあるので知っている。

五歳といえど、電気や文明の利器がない原始的な生活は不便に違いなかったが、冬征が文句を言ったりぐずったりすることはなかった。

水鷲に懐き、どこにでもくっついてきて、水鷲の手伝いをしようとする。

「ぼくにも水鷲みたいな翼があればいいのに。生えてくる方法を知らない？」

冬征は水鷲の翼を羨《うらや》ましがって、よく訊いた。

傾斜のきつい山中のことだから、湧き水を汲《く》みに行くにも、柴を刈りに行くのにも翼があれば移動は格段に楽になる。

しかし冬征は楽をしたいのではなく、行動範囲が広がれば、もっとたくさん水鷲を手伝うことができると考えているのだ。

なんと優しく健気《けなげ》な子だろうと思いつつ、水鷲は冬征の頭を撫でた。

「人間には翼は生えない。翼なんかなくたって、冬征はいい子だ。冬征と一緒に暮らせるだけで、俺は嬉しい」

「ぼくも！　水鷲、大好き！」

冬征は全身で水鷲への愛情を示した。

水鷲も冬征を甘やかした。抱っこをせがまれれば抱いてやり、空中散歩を望まれれば飛んでやった。

蒸し暑い夜も、肌寒い夜も、冬征を懐に抱いて寝た。

はじめのころは、ときどき両親を思い出して夜泣きしていた冬征だが、それも次第に少なくなり、山暮らしが板についてくるとまったく泣かなくなった。

しかし、天狗と人間の子の楽しくも穏やかな生活は、二年で終わった。

秘境探検をしようと荒磐岳にやってきた数人の男たちが、麓で埃《ほこり》を被《かぶ》った車を見つけ、山に入って冬征の両親の遺体を発見したのだ。

警察やマスコミの車が押しかけ、いっとき荒磐岳は騒然となった。

「見つからないように隠れていようね、水篤。ぼくはもう、御山の子だから。人間のところに帰さないでね。約束だよ?」

怯《おび》え、懸命にそう訴える冬征を、水篤はぎゅっと抱き締めた。

やがて、遺体の身元が判明すると、冬征の母方の祖父母が荒磐岳に来るようになった。

彼らは、定職についていない借金持ちの男と一緒になりたいという娘が許せず、勘当して何年も関係を絶っていたらしい。

娘夫婦に子どもが生まれていたことも、借金が膨れ上がって二進《にっち》も三進《さっち》もいかなくなっていたことも知らなかった。

一家が行方不明になったとき、彼らの住んでいたアパートの管理人が祖父母を捜しだして連絡を入れ、ようやく事態を把握したのだった。

必死になって捜していた娘は、最悪の結果となって見つかった。

ところが、孫の遺体が見つからない。

きっと一緒に連れていったはずだから、遺体だけでも見つけてやりたいと言って、祖父母は警察が引き上げたあとも荒磐岳を捜しまわり、娘を許さなかった過去の自分たちを懺悔《ざんげ》して号泣した。

それを、水鴛はずっと見ていた。

娘の持ち物から見つけたのだろう、冬征の写真を握り締め、返事がないことなどわかっているのに、声をかぎりに名を呼んだ。

遠方に住んでいるため、毎日は来られないが、毎週末にはやってきて、遺体が発見された現場に花を供え、日が暮れるまで孫を捜し、肩を落として帰っていく。

水鴛は観察しつづけた。

三ヶ月経《た》っても諦めない祖父母を見て、彼らなら冬征を可愛がって育ててくれそうだと思った。

冬征は帰りたくないと言っている。水鴛と御山でずっと一緒に暮らしたがっている。

水鴛だって、冬征を帰したくない。

だが、水鴛は天狗で、冬征は人間だった。

不老不死に近い水鴛と違い、冬征は成長していく。今はまだ子どもだが、そのうち水鴛と二人きりの山暮らしに飽きて、人間の世界に戻りたいと言うかもしれない。

人間には寿命がある。異性と愛し合い、子どもを産み育てるという幸せを、味わってみたくなるかもしれない。

それが人間の本能だから。空木はそう言っていた。

天狗と山で暮らしていても、人間の生活習慣は身につかない。考えも価値観も、なにもかもが違うのだ。

帰すなら、今しかなかった。

長い目で見れば、そのほうが冬征のためになる。万が一、祖父母が冬征を大事にしてくれなかったら、水鶯が攫《さら》いに行けばいい。

悩みに悩んで決意した水鶯は、神通力を使って冬征の記憶を操作し、水鶯のことを忘れさせた。

冬征の意見は聞かなかった。いやだと言うに決まっているからだ。冬征に泣かれたら、水鶯の決意も揺らいでしまう。

「ごめんな、冬征。でも、お前のためなんだ」

水鶯は小さな声で謝った。

そうして、水鶯と暮らした二年間の記憶を失い、ぼうっとしている冬征を、祖父母の前に連れていった。

祖父母の目に、水鶯は見えていない。

山中に突如として現れた少年が自分たちの孫だと、彼らはすぐに気がついた。写真より一年分成長していたが、顔立ちに大きな変化はない。

祖父母は駆け寄って抱き締め、奇跡が起こったと泣いて喜んだ。

冬征の出現は、不可思議なことばかりだった。

両親が死んでから誰かと一緒にいたのか、なにを食べて生きていたのか、雨風や冬の寒さをどうやって凌いだのか、詳しい事情を訊こうにも、当の冬征に記憶がない。

冬征の健康状態はよく、身体は清潔にしてあり、病気にもかかっていなかった。

わかるかぎりの事情を考慮し、推察した結果、

『神隠しに遭った』

七歳の少年の奇跡の生還は、いつしかそんなふうに言われるようになった。

冬征を手放した二週間後、水篶は彼の様子を確かめに、祖父母の家まで出向いた。

水篶が思ったように、冬征は大事にされていた。

だが、記憶を消したことが悪影響を与えているのか、冬征の表情は虚ろで、祖父母に話しかけられてもほとんど返事をせず、与えられた自分の部屋のベッドにつくねんと座って壁を見ているだけだった。

ぞっとするほど精気が感じられなくて、隠れて見守るつもりだったのに、水篶は思わず冬征の前に姿を現してしまった。

顔を上げた冬征と目が合った。

「……あ、あ」

水篶を見た瞬間、冬征は目を見開き、口を開けた。

なにかしゃべろうとしているが、言葉にならないようだった。

虚ろだった瞳に、みるみる輝きが戻っていくのが、水篶にも見て取れた。その輝きは、水篶が奪ったはずの、二年間の記憶に違いなかった。

水篶の術の練度が低かったのか、記憶操作の術を破るほどに、冬征にとって水篶の存在が大きかったのか、どちらにせよ、冬征は水篶を思い出した。

「水篶、水篶！」

水篶に飛びつき、名を呼んで泣きだした冬征を、水篶はなだめた。

「しーっ！　大きな声を出したら、おじいさんとおばあさんに気づかれる。俺の姿は大人には見えないって教えただろう？　いい子だから、静かにして」

「……うん」

冬征は水篶の胸に顔を埋《うず》め、必死で嗚咽《おえつ》を堪《こら》えている。

ようやく涙が止まると、冬征は当然のように、水篶と一緒に荒磐岳に帰りたがった。

「ここはいやだ。御山で暮らしたい。帰さないでねってあんなにお願いしたのに、どうしてぼくをここへやったの？　ぼくが邪魔なの？」

心を鬼にして、突き放すべきだった。

人間と天狗の違いを教え、人間の世界で生きていくように諭し、山に帰るのは水篤一人でなければならない。

けれど、どうしてもできなかった。できるくらいなら、そもそも姿を見せていない。

本当は、水篤も冬征に思い出してほしかったのだ。

縋りついてくる冬征が可愛かった。冬征と暮らした時間が幸せすぎて、独りぼっちの天狗に戻りたくなかった。

せめて、必要とされなくなるまでは、冬征のそばにいて成長を見守っていたい。

――俺ってやつはどうしようもない天狗だな。空木ごめん、冬征もごめん。

空木の教えに背き、中途半端な覚悟で幼い冬征を振りまわしてしまった。

心中で謝りながら、水篤は冬征を抱き締めた。

「邪魔なんかじゃない。でも、御山には連れて帰らない。お前には祖父母がいる。きっとお前を可愛がってくれる。お前は人間だから、人間の世界で生きるのが一番いいんだ。そのうち、仲のいい友達もできて楽しくなってくるよ」

「ぼくは水篤と一緒がいい！　水篤じゃなきゃ、いやだ」

「静かに。騒いではいけない。だからな、冬征が寂しくなくなるまで、俺を必要としなくなるまで、こうして俺が会いに来てやる」

「……ずっとここにいてよ」

「俺がここにどれだけいられるかは、お前次第だな。俺がいることを、ほかの人間に悟られてはいけない」

祖父母やほかの人間がいるところでは、水篶はいないものとして、話しかけたり笑いかけたりしてはいけない。この部屋のなかでも、大きな声を出してはいけない。

大人や女児には見えないが、冬征と同年代の男児には水篶が見えるだろうから、学校に通うことになれば、さらに注意しなければならない。仲のいい友達ができたとしても、水篶のことを話してはいけない。

水篶が冬征のそばにとどまるための約束事を、水篶はひとつひとつ言い聞かせた。

いつか冬征にも、水篶より大事な友達ができるだろう。水篶の存在が薄れていき、水篶がいなくても泣かなくなったら、御山に帰ろう。

水篶はそう考えていた。

また独りぼっちになるけれど、胸に積み重ねられた冬征との思い出が、孤独を慰めてくれるはずだった。

## 2

「待たせてごめんね。おばあちゃん、なかなか電話を切ってくれなくて」

通話を終えた冬征が、キッチンに戻ってきて水鶯に謝った。

水鶯がいると、冬征は水鶯ばかり気にして電話を早く切ろうとするので、水鶯は冬征がいる場所に合わせて、彼から見えない位置に移動するようにしていた。

その甲斐《かい》あって、今回は祖母からの質問に答える形で、十五分くらいはしゃべっていただろうか。

「二人とも、変わりないって？」

会話は聞こえていたけれど、水鶯は訊《たず》ねた。

「うん。元気にしてるみたい。今、梅を漬けてて、干し上がったらまた送るって言うから、お盆に向こうに帰ったときにもらうって言ったよ」

一人暮らしを始めてから、冬征は年に一回、盆休みにしか帰省しない。それも、一泊だけである。

両親の墓参りをし、仏壇に手を合わせ、祖父母と食卓を囲むのは、それで充分だと言う。ときおり電話もしているので、長く泊まっても話すこともやることもないらしい。

冬征の心のなかには、祖父母が荒磐岳まで何度も捜しに来たから、水篶に記憶を消されて捨てられる羽目になったという被害意識があるのを、水篶は知っていた。

肉親のもとに帰しただけで、べつに捨てたわけではないのだが、冬征の認識はそうなっているようだ。

結局、水篶はのこのこ冬征の前に姿を現し、消した記憶も戻ってしまい、以降はほとんど一緒にいたというのに、冬征はまだ不安に苛《さいな》まれている。

そして、人間は人間の世界で生きるのがいい、天狗とは棲む世界が違うと、水篶がことあるごとに言い聞かせてきたため、肉親と親しみ、人間の世界に馴染《なじ》めば馴染むほど、水篶は離れていく、つまりまた捨てられるのだと悟った。

祖父母に依存せず、親しい友人も作らないのは、水篶に置いていかれまいとする冬征のいじらしいまでの抵抗だった。

「もらった大根とにんじんは、漬物にしようかな」

そんなことを言いながら、冬征は作りかけだった夕飯をあっという間に仕上げ、洋間のテーブルに運んだ。

一人前で水篶のぶんはない。

水篶の食事は、近くの山から汲んできた湧き水、同じく山で成った木の実や、花の蜜である。山のものから神気を取り入れ、神通力に変えているのだ。

神気を得られるものは、もうひとつある。

神通力さえ蓄えていれば、天狗は不老不死だった。

だが、荒磐岳の主だった大天狗や空木のように、なんらかの理由で神通力を使い果たしてしまうと、不老不死の肉体を維持できなくなって死んでしまう。

「いただきます」

手を合わせてから、冬征は味噌炒めを頬張った。

水篶も冬征の向かいに座り、懐にしまってあるどんぐりを取りだして、ぽりぽりと齧《かじ》った。

どんぐりは水篶の大好物である。

早ければ、あと三ヶ月もしないうちに、今年のどんぐりが収穫できるだろう。保存したものより、新鮮などんぐりのほうがおいしい。

どんぐりって最高だなと思いながら口を動かしていると、くっ、といきなり冬征が笑ったので、水篶は顔を上げた。

「どうした？」

「いや、荒磐岳で暮らしてたときのことを思い出した。水篶があんまりおいしそうにどんぐりを食べるから、俺も真似《まね》して口に入れたけど、殻が硬くて嚙《か》めないし飲みこめないし、なんかエグいし。殻ごとぽくぽく食べてる水篶が信じられなかったよ」

「そんなこともあったな」

そのときの冬征を、水鶯ももちろん覚えていた。

吐きだしたいけれど、水鶯の大好物を吐きだしたら水鶯に悪いと思って、口に入れたまま我慢し、涙目になって固まっていた。

水鶯は水鶯で、どんぐりを食べて眉間に皺《しわ》を寄せている冬征に衝撃を受けたものだ。

人間の子どもを育てるにあたって、一番苦労したのはやはり食事だった。

水鶯は山に自生する食用の植物を摘み、近くに流れる川で魚を獲ったり、鳥を射落としたりして、とりあえず焼いて冬征に食べさせていた。

山で調達できないものは、山を下りて人間の家から失敬したりもした。

その代わり、筍や蕨《わらび》、蕗などを収穫すると、お返しとして玄関先にそっと置いておいた。

水鶯のほんの気持ちである。

姿の見えない相手との強制的な物々交換を、人間たちがどう受け止めていたのかはわからない。

冬征が発見され、神隠しだと騒がれていたときに、荒磐岳には昔天狗が棲んでいたという伝承を思い出した老人もいたようだから、天狗の仕業だと勘づいたかもしれない。

あのときは、冬征を育てるのに必死だった。

「試行錯誤して、失敗もあったけど、お前は好き嫌いをせずに、わりとなんでも食べてくれたから助かった」

「それまでは、ひもじい生活をしてたからね。両親が家にいても、食べるものがなくて、いつも空腹だった。御山じゃ、お腹が空いたって言えば、水篶がなにかを用意してくれるから、嬉しかった。俺のために作ってくれたものは、全部おいしかったよ」

「俺も頑張ったからな」

冬征に褒められ、水篶は少し鼻を高くした。

生食では噛みきれずに吐きだしたどんぐりも、火で焙《あぶ》って殻と薄皮を剥いてやったら、冬征は目を輝かせておいしいと言ったのだ。

冬征の笑顔は、水篶のかけがえのない宝物だ。

「ひょろひょろした子どもだったのに、こんなに大きくなるとは」

感慨をこめ、しみじみと冬征を見つめて水篶は言った。

食生活に不自由させたつもりはないけれど、やはり天狗の考えでは及びもつかないところがあったのだろう。安定した家庭に引き取られ、祖母の栄養満点の食事にありつけるようになってから、冬征はぐんぐん大きく成長した。

今や、ひょろひょろして見えるのは、水篶のほうだった。冬征と並べば、二十センチは背が低い。

といって、劣等感を抱いたりはしない。水篶には歯の高さ三十センチという、秘蔵の高足駄があるし、空を飛んでしまえば、冬征を見下ろせる。

「水篶は二十年前と全然変わらないね。顔つきなんて、十七、八歳にしか見えないよ。身体つきはもっと幼く見える」

「天狗だからな。相撲を取ったら、お前に勝つ自信がある。それに見た目が若くても、俺は九十歳だ。お前より、六十五歳も年上なんだぞ」

「可愛い九十歳だね」

「……」

「すごく可愛い九十歳だよ」

「……」

にこにこして繰り返す冬征に、返す言葉が見つからなくて、水篶は気まずく俯《うつむ》いてどんぐりを齧った。

中学生になり、水篶の身長を追い越したあたりから、冬征はやたらと水篶を可愛いと言うようになった。

目がくりっとして大きいのが可愛い。髪の色が薄いのが可愛い。耳の形が可愛い。唇の色が可愛い。尖《とが》った顎が可愛い。可愛いのオンパレードだった。

馬鹿にされているのかと思い、注意したり怒ったりしたが、可愛いものは可愛いと言い張って聞かない。

そして、水篶との体格差をさらに広げるべく、熱心に身体を鍛え始めた。

ランニングに腹筋、スクワットなど、暇さえあればトレーニングを積み、体力と美しい筋肉を身につけると、次は山登りをすると言いだした。

家の近くで日帰り可能な、子どもが単独でも登れる山を探し、休日に水篶を誘って出かける。山の新鮮な空気は神通力を高める効果があり、水篶も山歩きを楽しんだ。

また、冬征は図書館にもよく行き、山の本や、天狗に関する伝承が書かれた本を読み漁っていた。

それらの行動からつながる目的はひとつしかない。

『天狗に転成する方法を探してるんだ。水篶と一緒に荒磐岳で暮らしたいから』

冬征ははっきりと言った。

迷いなど、どこにもなかった。生まれてきた意味、生きる目的を、十代半ばにして見つけてしまったのだ。

人間が天狗に転成する方法は、水篶も知らないけれど、空木から聞いたことがあった。とても危険なので水篶には教えられないと言って、空木は口を閉ざし、方法を明かすことなく死んでしまった。

冬征が幼いころ、あまりにも天狗である水篶を羨むので、水篶はぽろりとその話を零《こぼ》したことがあった。

水篶だって、冬征が天狗になってくれたら嬉しい。

しかし、二人がどれだけ調べても、そんな方法は見つからなかった。見つかったとしても、冬征の身に危険が及ぶような方法なら、やらせたくない。

食事を終え、キッチンであと片づけをしている冬征を、水篶はそっと眺めた。横顔は彫像のように整っている。若さに溢《あふ》れ、引き締まった肉体を誇る二十五歳の青年の姿は、ふきんで茶碗《ちゃわん》を拭いていてさえ凛々《りり》しい。

このままではいけないことは、わかっていた。

水篶がいるかぎり、冬征は水篶から離れられず、人間としての幸せを摑めない。冬征をこんなふうにしてしまったのは水篶の責任である。

一日でも早く、別れを告げるべきだった。

「冬征」

「なに？」

ちょうど片づけ終わったらしく、冬征は水篶のもとに歩み寄ってきた。

ラグの上に胡坐《あぐら》を搔《か》いている水篶をひょいと抱き上げ、自分の膝の上に乗せてしまう。水篶の背中と冬征の胸がぴたりとくっついていた。

子どもの冬征を、水篶はよくこうして抱いてやったものだ。

いつの間にかポジションが入れ替わっていたが、水篶が冬征を懐に抱いていようが、水篶を冬征が懐に抱いていようが、甘えているのは冬征である。

「……そろそろ荒磐岳に帰る」

帰って、二度と戻ってこない。

言葉は半分で途切れ、最後まで言いきることのできない自分の弱さを、水篶は情けなく思った。

「もうそんな時期だっけ？」

冬征は軽く応じた。

「梅雨《つゆ》だしな。こっちはそうでもないけど、荒磐岳のほうじゃ、けっこう大雨がつづいてるみたいだから」

水篶の帰省は珍しいことではない。

天候が安定しているときは三ヶ月に一回くらい、台風が近づいたり、大雨が降ったりすると、その都度帰っている。

大天狗の守護を失って九十年が経つ荒磐岳は、荒れ放題だった。荒れた山には、魑魅魍魎《ちみもうりょう》の類が棲みつき、陰気をまとってさらに荒む。

放っておけば、天狗でさえ足を踏み入れられない山になってしまう。

水篶の微々たる神通力ではたいした手入れもできないが、やらないよりははるかにましなので、頑張っているのだ。

「俺も一緒に行く」

水篶をぎゅっと抱き締めて、冬征が言った。

「仕事があるだろ。それに、人間のお前が来たって危ないだけだ」

「じゃあ、水篶の神通力を溜《た》めていって。俺の……精液を飲んでいってよ」

「……」

耳元で囁かれ、水篶は小さく震えた。

童貞男子の精液は、天狗の神通力を増幅させる。どんぐりや山の湧き水などとは比べものにならないほど、得られる力は強大だ。

何百年か前、まだ天狗と人間の交流の垣根が低かった時代には、天狗たちは無垢な少年を人里から攫ってきて、生餌《いきえ》として使用していたらしい。

天狗に精を貪り尽くされた少年たちの末路は悲惨で、ゴミのように捨てられ、衰弱死を迎える者も珍しくなかったという。

荒磐岳の大天狗が健在だったころは、人間との交流や生餌を摂ることを禁止していたそうで、水篶も空木に厳しく言われて育った。

「いい。俺は冬征を生餌にはしない」

腹にまわされている冬征の腕を、水篶は解こうとした。

「生餌にされてるなんて、俺は思わない。水篶に力をあげたいんだ」

冬征の匂いが、水篶の鼻先をくすぐった。

欲情の気配だ。とてつもなくいい匂いがするから、すぐにわかってしまう。

水篶は断っているのに、冬征は早くも精液を放出する前準備を始めているのだ。この匂いを嗅《か》ぎながら断るのは、水篶もきつい。

「だ、駄目だ。こんなの許されない。う、空木も駄目だって言ってたし……」

水篶はもがいた。

「俺がいやがってるなら駄目だろうけど、俺は飲んでほしいんだ。一緒に行けないなら、せめて水篶の糧《かて》になりたい。だって、俺は水篶が好きだから」

「冬征……」

「愛してるんだ、水篶」

「……っ」

熱っぽく低い声が耳に流れこんできて、水篶は俯いた。

首筋まで赤くなっているのが、自分でもわかる。冬征の欲情した声を聞くと、いつも水篶はこうなってしまうのだ。

あどけない子どものころを思い出そうとしても、甘い精の匂いで頭がくらくらして、正常な思考が保てない。

「お願いだから、飲んで。俺の精液、おいしいんだよね？　水篶にしか出さないから、溜まってる。飲みたいよね？」

「……やっ」

水篶は目を閉じ、首を横に振った。

飲みたいに決まっている。精液は甘露だ。神水も同然だ。

でも、相手は冬征なのだ。

冬征の精液を初めて口にしたのは、十年前だった。

その数年前から、冬征はときおり精液の甘い匂いを身にまとわせるようになっていた。精通を迎えたのだろう。

水篶に喉の渇きを覚えさせる、素晴らしくいい匂いだったが、水篶は冬征の精液を飲みたいなんて、考えたこともなかった。

しかし、水篶も冬征も予期しなかった事件が起こった。

台風に見舞われた荒磐岳の守護に、神通力を限界まで使ってしまった水篶は、なんとか冬征の家まで戻ってきたものの、気絶寸前の状態で冬征の腕に倒れこんだ。

そこで、生きるための天狗の本能が働いたのか、無意識のうちに冬征の股間《こかん》に顔を寄せていたらしい。

気づいたときには、冬征の性器をしゃぶって精液を啜《すす》っていた。

冬征は抵抗しなかった。自分の精液が水篶の神通力の源になると知ると、もっと飲んでくれと言って、股間を押しつけてきたくらいだ。

弱っていた水篶は、夢中になって貪った。冬征の勃起《ぼっき》は一度の射精では治まらず、複数回に亘って搾《しぼ》り取った。

腹が満ち、いまだかつてないほどの神通力の漲《みなぎ》りを感じたときに理性が戻り、可愛い冬征になんということをしてしまったのかと猛烈な後悔と罪悪感に襲われた。

平身低頭で謝る水篶を、冬征は許してくれた。

『謝らないでよ。水篶の力になれて、俺は嬉しかった。水篶が好きだから、これからも欲しいときに飲んで。こんなこと、水篶以外の天狗だったら、絶対に許さない。でも、水篶はべつだ。水篶、水篶……大好き。すごく気持ちよかった。俺は毎日だって飲んでほしい』

それが、始まりだった。

冬征の許可があっても、水篶には空木の教えが染みついているから、それでは失礼して、と嬉々として食らいつくことはできなかった。

冬征に差しだされるたびに断っているのだが、舌が覚えた甘露は忘れがたく、冬征の押しと匂いに負けてしまう。

「往生際が悪いな、水篶は。そんなとこも可愛いんだけどね。水篶が飲まなくても、俺のほうの準備が整ってしまうよ」

冬征は水篶の尻に、股間を押しつけてきた。

さらに、手首を取られて、後ろ手にそこに触れさせられる。

「うぅ……」

水篶は呻《うめ》いた。

膨らみはすでに、硬さを宿していた。引き剝がさなければならないのに、手のひらはそこに張りついたように離れない。

「俺が自分で擦って出したほうがよければ、そうしてあげる。どうする？」

「あ……」

たたみかけられて、水篶の身体が震えた。

水篶が拒絶しつづけると、冬征は自慰を始めて、水篶を誘惑するのだ。そんなものを見せられたら、かぶりつかずにはいられない。

「ほら水篶、どっちがいい？　どんなふうに飲みたいの？」

選択を迫るときの冬征は、年上の水篶を駄々っ子のように扱っている。

それがよかった。恥ずかしいけれど、言うことを聞いてしまう。

「……な、舐《な》めたい。冬征のこれ、口で吸いたい……、あっ」

冬征の陰茎が大きくなり、布越しにあてがっている水篶の手のひらを押し返してきた。

これ以上の我慢は、さすがの水篶にもできなかった。

身体の向きを変え、冬征が穿いているスウェットパンツを下着ごとずり下ろす。冬征は腰を上げて、協力してくれた。

半分ほど勃起した性器が飛びだし、ぷるんと揺れた。

「……ふぅ」

水篶は深く息を吸いこんだ。

甘酸っぱいような、胸をときめかせる匂いである。

十五歳のときには綺麗なピンク色をしていた冬征の陰茎は、水篶が擦ったり、しゃぶったりして弄《いじ》りすぎたのか、少々黒ずんできている。

その変化を、水篶は好ましく思った。

皮が剝けた先端は赤く艶々《つやつや》していて、見ているだけで唾液《だえき》がこみ上げてくる。

重みのあるそれを両手で持って支え、唇を寄せて軽く口づけてから、水篶は舌先を出して幹に這《は》わせた。

「……っ」

冬征が吐息のような声を漏らした。

根元から先まで何度も丁寧に舐め上げ、先端を舌で舐めまわしていると、さらに大きく膨らんだ。

水篶はぱくりと口に含んだ。

体格に見合った大きさに成長したそれは、水篶の口内にすべて収めてしまえるような可愛らしいサイズではない。

口からはみだした部分は、指を使って擦る。そうしながら、舌先で先端の穴をほじってやれば、冬征は腰をびくつかせた。

滲みでてくる先走りを舐め取るだけでも、充分においしい。歯を立てないように注意し、唇で挟みこんで扱《しご》き上げる。

「ああ……、いいよ。水篶の柔らかい舌で舐められるのも、口で扱かれるのも、すごく気持ちいい。すぐに出てしまいそうだ」

「……」

銜《くわ》えたまま、水篶は肉棒の根元を指できゅっと締めつけた。

まだ出すな、という意味である。

「わかってる。我慢するよ。我慢して我慢して、限界まで溜めて濃くなったほうが、おいしいんだよね？」

「ん……」

水篶はこくんと頷いた。

冬征が出す精液の、好みの濃さまで知られてしまっていた。十年もこんなことをしているのだから、当たり前だ。

代わりに水篶も、冬征が喜ぶ口淫のやり方を習得している。舌の使い方、唇の締め方など、はじめのころに比べたらずいぶん上達した。

「可愛いね、水篶。おいしそうに頬張ってる……そこ、もっと擦って」

括《くび》れの段差を舌で抉《えぐ》るように擦ってやると、先走りがとろりと零れてきた。舐め取って吸い上げたときに、ちゅうっと音が鳴った。

「ふ……」

冬征は小さく笑い、水篶の髪を片手で掻きまわすようにして撫でた。

しゃぶればしゃぶるほど、口のなかで冬征自身はどんどん太く硬くなっていく。

冬征が腰を引き、軽く突きだした。心得て、水篶も顔を前後に動かした。

喉の奥のほうまで受け入れるのは苦しいけれど、すっかり慣れてしまったし、冬征が喜び、精液が濃くなるなら、なんということもない。

「ん、む……んんっ」

水篶は手の動きを合わせて、冬征の肉棒を攻めたてた。

約束したとおり、冬征は一生懸命我慢していたが、限界はほどなく訪れた。

「み、すず……、も、いきそう……！」

強く吸い上げることで、水篶は了解の合図とした。

先端が膨らみ、熱い精液が水篶の喉に向けて放たれた。堪えていたぶん、射精も激しく、肉棒がびくびく跳ねまわる。

「うぅ……ん、んっ」

水篶は舌を添え、一滴も零さないように受け止めた。一気に飲みこむのはもったいなくて、少しずつ味わって飲む。

水篶の命の源である。

とろりとした精液は甘く、喉を通って全身に沁《し》み渡っていく。

残滓《ざんし》まで啜り上げてから、水篶は口を離した。唾液にまみれて光る冬征の陰茎は、まだ硬さを残して勃《た》っている。

時間が経てば萎《しお》れていくが、少しでも勃起していたら、連続で射精したほうが楽だと冬征は言っていた。

この様子だと、お代わりができそうだ。回数を重ねて、薄くなった精液も好きだった。

水篶は身体を起こし、胡坐を掻いている冬征に寄り添う形で座った。

「もっと出したいから、手で扱いてくれる?」

喜んで言われたようにしていると、冬征が水篶の身体をまさぐり始めた。背中を撫でていた手が腰に下り、尻を揉《も》む。

もう片方の手は、胸元をまさぐっていた。

「……やめなさい」

「ほんのちょっと、触らせて。服は脱がさないから」

冬征はせつなげな声で懇願した。

精飲は天狗にとって食事であるが、冬征にはそうではない。完全なる性行為のひとつであった。

人間の世界で暮らしていれば、水篶にもそういうことがわかってくる。

水篶にしゃぶられて喘《あえ》ぐ一方だった冬征が、水篶の身体に触れてくるようになるのに、さほど時間はかからなかった。

欲情に目を光らせて、はっきりと性交を求められたこともある。

だが、水篶は許さなかった。

水篶にも性的な欲望はある。というか、天狗の食欲と性欲は明確に区別するものではなく、連動しているのではないかと思う。

冬征と身体を交えるのがいやなわけではない。むしろ、冬征が望むなら、水篶だって彼と交わりたかった。

しかし、それだけはできないのだ。

布の上から乳首を押しつぶされ、水篶は警告した。

「くっ……、さ、触りすぎるなよ。口も、吸ったら駄目だからな」

「……うん。わかってる。わかってるけど、荒磐岳にいたころは一緒に川で水浴びとかしたよね？　裸になるくらいは大丈夫じゃない？　水篶の身体が見たい。舐めたりしないから、触りたい」

「駄目だ」

水篶は性器を握っているのとは反対の手で、しつこく乳首を引っ搔く冬征の手の甲をぴしゃっと叩いた。

精液を飲むときは、水篶も昂《たかぶ》っている。冬征に戯れに触れられるだけでも、甘い感覚が身体の奥から湧き上がってくるのだ。

そのことは、冬征には知られてはならなかった。

水篶がその気になっているとわかったら、きっと冬征は止まれない。

「いいか、冬征。何度も言ったが、天狗の精液は人間にとっては毒なんだ。人間が口にしたら死んでしまうんだぞ。精液が毒だったら、唾液も汗も涙も駄目かもしれない。用心に越したことはない」

「唾液は絶対に安全だよ。だって、水篶は俺のこれを口に入れて舐めてる。唾液が毒ならそんなことできないよね？」

「……む。でも、駄目だ。俺の身体に触れるのは、禁止」

正論を食らい、つまりながらも、水篶は断固として拒絶した。

童貞の精液は天狗の糧になるのに、天狗の精液は人間を死に至らしめる毒だという。

空木から聞いた話によると、何日間も七転八倒した挙句に事切れるそうで、どれほど強大な神通力を持った大天狗でも、そうなった人間を救うことはできないらしい。

精液以外の体液については、聞いていないのでわからない。

冬征が言うように、きっと毒ではないだろうと水篶も思っている。天狗の体液すべてが毒なら、空木も注意するときにそう言い添えただろうし、水篶と冬征は二十年も一緒に暮らせなかったはずだ。

「じゃあ、指一本触れないから、見せてよ。絶対に触らない。見るだけって約束する。水篶の大事なとこ、見せて」

冬征は水篶の頭に頬擦《ほおず》りしながら、熱っぽく掻き口説いてくる。

人間も天狗も、欲望とは貪欲なものだ。見せれば、きっと触りたくなる。そして、欲情は理性を失わせる。

怖いのは、水篶の理性まで飛んでしまうことだ。注意していても事故は起こるし、そのとき代償となるのは冬征の命である。

水篶は身体を捩《よじ》り、首を横に振った。

「見せない」

「俺の忍耐力が信用できないなら、手足を縛ってくれていいよ。絶対に水篶に手出しできない状態にしていいから、水篶の裸が見たい」

「なっ、なにを言ってるんだ、お前は！　そんなの、恥ずかしいだろ！」

水篶の顔が、さっと赤らんだ。

「恥ずかしいことをさせたいのかも、水篶に。水篶を裸にして、隅から隅まで見て、探検して、思いっきりいやらしいことをして……そんなことばっかり考えてるよ……」

今このときも考えているのだろう、冬征の膨らんだ肉棒が脈打っている。

「……」

水篶はなにも言えず、ゆったりあやすふうだった手淫を、本格的な動きに変えた。

冬征の卑猥《ひわい》な妄想まで、責めることはできない。好きな相手と交わりたいという欲求は、男なら抱いて当然のものである。

水篶の肩口に顔を埋めた冬征が、寂しげに呟いた。

「困らせてごめん。水篶にもどうしようもないのに。でも、水篶を抱きたい。水篶と愛し合いたい。水篶に……愛されたい」

可愛い可愛い、水篶の冬征。

毎年、年を取って成長していく冬征。

――愛してるよ。お前が思うよりずっと深く、愛してる。

水篶は心のなかで、そう返した。

# 3

「じゃあ、行くから」

バルコニーに出る窓に手をかけた水鷲を、冬征が背中から抱き締めてきた。

「帰りはいつになりそう？」

「わからない。御山の状態による」

「土曜になったら、俺も荒磐岳に行くよ」

「絶対に来るな。お前を守りながら、御山の手入れなんてできない。俺にはそれだけの力はない」

水鷲は首だけで振り返り、強い口調で言った。

「でも、疲れたときに俺がいたら、神通力を補給できる。水鷲の力になりたい。手伝いたいんだ。御山は俺の故郷でもあるし」

「お前の気持ちは嬉しいけど、駄目だ。これは、天狗である俺がやらないといけないことだから。もし、言いつけを守らずに御山に来たら、わかってるな？　俺はもう二度と、このアパートには戻らない」

「……」

不満そうな唸《うな》り声を出したものの、冬征は反論しなかった。

荒磐岳は今、水篶から見ても、危険極まりない山になってしまった。

水篶が冬征を追って御山を出てから、少しずつ荒廃は進んでいたが、十年前に到来した大きな台風が荒磐岳を無残に壊した。

木々の倒壊や土砂崩れをどうにかして食い止めようとした水篶が、神通力を使いすぎた結果、冬征の精液を啜る羽目になってしまったときのことである。

あれからずっと、御山に帰ったときはできるかぎりの手入れをしているけれど、水篶の応急処置は焼け石に水だ。

山には瘴気が満ちて、払っても払っても追いつかない。

天狗の水篶でも、呼吸するのが苦しいほどの地に、人間の冬征が入ったら、病みついて死んでしまう。

ここから荒磐岳までは、冬征の車を使えば、片道三時間ほどで行ける。帰りの遅い水篶を待ちかねて、冬征は一度だけ、荒磐岳まで迎えに来たことがあった。

水篶が早く気づいて下りていったので、幸いにして瘴気には触れずにすんだが、水篶が気づかず、どんどん山中に登ってきていたら危ないところだった。

血相を変えて叱りつけた水篶の剣幕に、思うところがあったのか、冬征はその後も、一緒に行きたいと何度も主張するものの、水篶が断るととりあえずは引き下がった。

水篶は冬征を安心させようと、明るい調子で言った。

「大丈夫だ、心配するな。俺も自分の神通力の量はわかってる。どのくらい使ったら危ないかっていうのもわかってる。無茶はしない」

「本当に？　水篶が危なくなったら、御山の手入れは中断するって約束できる？」

「ああ。俺だって、死にたいわけじゃないからな」

「ちゃんと俺のところに帰ってくる？」

「お前がいい子にしてたらな」

「水篶」

「なんだ？」

「俺を水篶の恋人にして」

「……」

「キスしたいとかセックスしたいとか、そういうことは言わない。もちろん、したいけど、無理なら諦める。今のままの関係でいいから、俺は水篶の恋人になりたい」

水篶は答えられなかった。

答えてはいけないと、自分を律している。

水篶と冬征は、生きる世界が違う。冬征も天狗になれば、ともに生きられるのに、などと夢見たこともあったけれど、そろそろ現実を見なければならない。

冬征は二十五歳、伴侶《はんりょ》を得ていてもいい年齢なのだから。

結婚して、子どもを作るというのは、人間の普遍の営みである。人間たちはそうして家族を増やし、次代に命をつないでいく。

天狗と人間では家族になれない。

「……お前は人間の恋人を作るべきだ」

水鴛はなんとか、そう言った。

言うだけでも苦しかった。

「水鴛はそれでいいの？　俺が童貞じゃなくなったら、水鴛とこんなふうに触れ合ったりできなくなるんだよ？　水鴛は俺が見えるだろうけど、俺からは水鴛の姿も見えないし、しゃべれない。水鴛に話しかけられても、肩を叩かれてもわからないんだよ」

「お前が幸せになるなら、いい」

冬征が水鴛を認識できなくなり、必要としなくなっても、水鴛は彼が生を終える最期まで、ひっそりと見届けるつもりでいる。冬征に降りかかる厄災は、陰ながらできるだけ払いのけてやりたいと考えている。

だが、水鴛以外の者を愛する冬征を見るのはつらいだろう。

冬征が幸せになるなら水鴛も嬉しい。それは本当の気持ちだけれど、独りぼっちになった自分が悲しくて、毎日泣いてしまうだろう。

冬征はもう、こんなふうに温かい身体で水篶を抱いてくれないのだ。

想像しただけで目の奥が痛くなり、涙が滲んでくる。涙なんて、冬征に見られてはいけないのに。

俯いてしまった水篶を、冬征はいっそう強く抱き締めた。

「俺の幸せは水篶の恋人になることだ。荒磐岳じゃなくても、どこか棲みやすそうな山があれば、そこで水篶と暮らしたい。二十年前みたいに、二人きりで生きたい」

「そんなの無理だ」

「どうして無理だと思うの？」

「お前は人間だ。食べ物が必要だし、病気にもなる。五歳のお前を御山で育てようとしたのは、俺が未熟でものを知らなかったからだ」

「俺はもう五歳の子どもじゃない。人間だって山に棲めるよ。人間が山で生きていく方法を、俺はずっと調べてきた。そりゃ、水篶と同じ天狗に転成できれば、それに越したことはないけど、今はその方法を見つけられていない。人間のまま山暮らしをするために山や森林について学校で学んできて、身体も鍛えた。俺の準備は整ってる」

「で、でも」

「だから、人間の恋人を作れなんて、言わないで。俺と恋人同士になろう。それがいいよ。俺たち、もう二十年も一緒にいるんだから、きっとうまくいく」

「……と、冬征」

「水篶、好きだ……。恋人になろう。そしたら、水篶が荒磐岳に帰っても、俺のところに戻ってくるって安心できる。俺のいるところが、水篶の居場所であってほしいんだ。だから、恋人になろう?」

冬征の声は甘く、悩ましく、水篶の耳に響いた。

永遠に聞いていたいほど心地よい声から繰りだされる熱烈な口説き文句に、水篶は我を失いそうになった。

あまりに嬉しくて、うっかり頷きそうになったのだ。

冬征が恋愛の対象として水篶を愛し始めるとともに、水篶の心にも冬征を養い子としてではない、一人の男として愛しく想《おも》う気持ちが生まれた。

愛してはいけない、そう思えば思うほど、愛しさがこみ上げた。

水篶には冬征だけなのだ。

この二十年、水篶も冬征と一緒に成長したように思う。愛されて求められることを知り、愛することを知った。

冬征から寄せられる盲目的なまでの一途《いちず》な愛情に、応《こた》えたくてたまらない。

愛しい冬征を自分だけのものにしてしまいたい。

靄《もや》がかかった頭の隅に、カツンと烏天狗が嘴《くちばし》を鳴らす音が聞こえた。

『水鴛、人間を惑わせてはならぬ。古来、天狗と人が末永く添うたためしはない。人間を仲間にしようなどとは、ゆめゆめ考えてはならぬぞ』

空木の教えである。

水鴛ははっとなって身を振り、冬征の腕から逃れた。

「……駄目だ、絶対に駄目だ！」

「水鴛！」

「ごめん、冬征」

窓を開け、バルコニーに出た水鴛は、翼を広げて一気に飛び立った。

空中に舞い上がり、そっと振り返ってみると、水鴛を捕まえようとしたのか、冬征が右腕を前に伸ばしたまま立っているのが見えた。

こんな別れ方はしたくなかった。

だが、冬征にかける言葉が見当たらず、水鴛は後ろ髪を引かれる思いで、そのまま荒磐岳の方角に向かって羽ばたいた。

天狗の姿のままだと、誰に見られるかわからないので、途中で木の枝に止まり、烏に変化する。

変化術は、水鴛の唯一の得意技である。烏になら簡単に化けられるが、烏にしか化けられない。

水鶯は夜の颪に乗った。

頭に浮かぶのは、冬征のことばかりである。

冬征があんなに言うのだから、彼の望むようにしてやってもいいじゃないか、と水鶯の弱い心が訴えていた。

静かな山で、誰にも邪魔されずに二人きりで暮らせたら、毎日が楽しくて幸せだろう。冬征は仕事に行かず、ずっと水鶯と一緒にいてくれるのだ。

しかし、どんなに愛し合っていても、二人が肉体的に交わることは、冬征が死ぬまでないと、はっきりわかっている。

冬征は水鶯に精液を飲ませてくれるだろうが、水鶯は冬征に口づけさえ与えてやれない。

愛する人の身体に触れられない一生を送ることを、冬征が後悔する日がやって来るのが怖かった。熱っぽく水鶯を見つめる冬征の瞳が倦《う》み、苛立《いらだ》ちや恨みが混じっていくのを見るのが怖い。

水鶯が臆病《おくびょう》なだけかもしれない。

冬征だって、水鶯に念を押されるまでもなく、事情はわかっている。

生涯抱き合えない不利を呑みこんでなお、水鶯が欲しいと求める気持ちを疑うのは、冬征に対して失礼であろう。

さりとて、水鶯の根幹を支える空木の教えを破るのは、水鶯には難しい。

空木は水鴛が誕生する三百年前から生きてきた烏天狗で、人間にまつわる話は何事もよく知っていた。

彼がいなければ、水鴛は生きられなかったし、今こうして元気に動きまわれているのも、彼のおかげだ。

翼に雨粒が当たって、水鴛は現実に戻った。

荒磐岳に近づくごとに雨足は強くなり、ときおり吹きつける突風に煽《あお》られて、烏の身体がひっくり返りそうになる。

「……っ」

水鴛は飛ばされてしまわないように、風の流れを読みながら、前に進んだ。せめて風が落ち着くまで、どこかの木の枝で休もうかと思ったが、荒磐岳が心配だった。

真っ暗な空がごろごろと鳴り、稲妻が走る。数秒置いて、落雷の音が響いた。

首を竦めずにはいられない。天狗であっても、天から降る容赦のない、大いなる厄災は恐ろしい。

視界などない状態で感覚だけを頼りに飛び、水鴛はどうにか荒磐岳の中腹にたどり着いた。

烏の姿から天狗に戻る。

視界が悪く、雨では消えない火を神通力で灯して照らした。

「……ひどい」

水篶は呟いた。

冬征のアパートで新聞の天気予報を見て、雨が降っているのは知っていたが、ここまでひどいとは思わなかった。

大雨が滝のように山肌を落ちていく。

目の前で、バキッと大きな音をたてて木が折れた。

なにから手をつければいいのか、わからない。

七十七年前、空木が死んだときのことを、水篶は思い出した。

あのときも、荒磐岳は未曾有の台風に見舞われて、災害を食い止めようと空木は神通力を使い果たしてしまった。

雨台風が来ると、荒磐岳は昔から山津波を起こし、麓の村を呑みこんだという。空木はそれを防ごうとしたのだ。

この状況は、当時とよく似ている。

「なんとかしないと……！」

水篶は倒木を利用して水の流れを変えようとしたり、いくばくかの支えになることを期待し、崩れそうな崖の下に巨岩を運んだりした。

豪雨のなかでの作業に、神通力は減っていく。

冬征の精液を飲ませてもらっていなければ、こんなことはできなかった。

そよ風が吹いたような産声しかあげられなかった水篶の、持って生まれた神通力はとても弱かった。

空木が言うには、神通力を溜めこむ器が小さいらしい。修行も積んだが、無駄だった。しかし、神通力が弱くても、山守としてやるべきことをやらねばならない。


「どうしよう……どうしよう」

水篶は途方に暮れて、岩陰に座りこんだ。

荒磐岳に帰還し、夜通し頑張って、やっと夜が明けて、また夜が来たのに、雨雲は去らず、雨足を強めたり弱めたりしながら、ずっと降りつづけている。

足元から、ゴゴゥッという恐ろしい音が響いていた。

山が動いているのだ。このままだと、いずれ山津波が起きる。

過去の災害から人間たちも学び、土砂崩れが起きるような場所に民家を建てることはなくなったが、河川が氾濫し、土砂で道路が埋まるのは困るだろう。

天狗は山神として山を守ることで、人間たちをも守る。信仰の篤《あつ》い地域では、山に祠《ほこら》を建てて山神を拝む。

大天狗がいたころは、荒磐岳にもそのような信仰があったと聞いた。

山を守るのは天狗の役目だ。荒磐岳には水篶しか天狗がいないのだから、水篶がなんとかするしかないのに、太刀打ちできない。

「空木、どうしよう……どうすればいい？」

胸元を押さえて、水篶は呟いた。

水篶はもともと、不老不死の肉体を維持することと、鳥に変化すること、この程度しかできなかった天狗である。

身長の何倍もある倒木や巨岩を浮かせて移動させられる力は、持ち合わせていなかった。

この力を与えてくれたのは、空木である。

かつて死力を尽くして荒磐岳を守った空木は、最後の力を振り絞り、神通力でひとつの珠を練り上げた。

そして、それを水篶の胸に埋めこんだ。

直径五センチほどの白色に輝く美しい珠のおかげで、水篶が持って生まれた小さい神通力の器は広がった。

今まで、山守の真似事ができたのも、器が大きくなったことで使える神通力の量が増えたからだ。

空木が死と引き換えにくれた魂の珠は、水篶の神通力と混ざり合い、水篶自身の力となってくれた。

せっかく増えた二人分の力も、このままでは尽きてしまう。

死ぬのは、さほど怖くなかった。天狗は不老不死というが、空木は死んだ。水篶は知らないけれど、荒磐岳の大天狗も死んだ。

弱い水篶も、きっといつか死ぬだろう。その覚悟はある。

だが、冬征に会えなくなるのは、全身が震え上がるほどに怖かった。

帰る余力があるうちに、荒磐岳を出るか。なにもできなくても、とどまって見つづけるべきなのか。

いや、崩れていく御山を黙って見ているだけなんて、できない。自分にできるかぎりのことはしたい。

「冬征、冬征……」

水篶は冬征の名を呼んだ。

生まれた山を守りたい。

冬征と一緒に生きたい。

どうすればいい。

どうするのが、一番正しいのだろう。

「おい」

「……」

「おい、そこの天狗。聞こえないのか」

「……っ！」

自分に話しかけられている、そう気づいて、水篶は飛び上がった。

顔を上げると同時に、目の前に一人の天狗が舞い降りた。

天狗は右手のひらを上に向け、そこで火の玉を燃やしていた。人間が使う懐中電灯などとは違い、火は小さいのに、水篶のいるところまで明るく照らしている。

二十歳《はたち》くらいの外見をしているが、天狗の年齢は外見では計れない。篠懸に括袴、足元は草鞋《わらじ》で、今このときも降っている雨で水篶はずぶ濡れなのに、髪も衣服も草鞋さえ濡れていない。

神通力のなせる業である。立っているだけなのに、とてつもなく強い力を有しているのが、水篶にもわかった。

強い天狗は怖かった。弱い天狗を苛めて楽しむ。

水篶は怯え、あとずさろうとしたが、背後には岩があって下がれなかった。

若い天狗は、水篶の様子に頓着することなく言った。

「ここはじきに崩れるぞ。逃げたほうがいい」

天狗の声は明るく、水篶を心配するような響きを持っていたので、水篶は少しだけ安心し、閊《つか》えそうな喉から声を絞りだした。

「に、逃げられない……。俺はこの山の天狗だから」

「お前一人か？　ここはなんという山だ？」

「荒磐岳。天狗は俺一人だ」

「お前の名は？」

「水篶」

「この山を守りたいのか？」

「……」

無言で頷いた瞬間、水篶の目から涙が零れた。

生まれた山を、自分がどれだけ愛しているのか、今ほどはっきり自覚したことはない。守りたい。守りたいから、一人で頑張ってきた。

水篶が生まれたときには、空木しかいない山だった。

水篶という名は空木がつけてくれた。荒磐岳にはかつて、篠竹が群生していたが、水篶が生まれたときに、すべて枯れ果ててしまったという。

まるで篠竹が、己が力を振り絞って水篶に命を与えたように空木には思われたらしく、篠竹の別名である水篶の名をつけたと教えてもらった。

水篶は御山に愛されて生まれてきたのだと、そう思えた。

だから、水篶もこの山を愛している。

「泣くな。山が荒れるのは天狗にとってはつらいこと。俺にも気持ちはわかる。……道草を食って、おいたをしてはならぬと凜海坊《りんかいぼう》さまと高徳坊《こうとくぼう》さまから言われているが、これは仕方がない。人助け、いや天狗助けというもので、おいたではない。そうだよな？」

「は、はい？」

「俺がなんとかしてやるから、泣きやめ。めそめそ泣いている暇があれば、鍛えて筋肉をつけろ」

「……えっ？」

天狗が一人でぶつぶつ話している内容についていけず、水鷲は目をぱちくりさせた。なにがどうなって、筋肉という単語がここで出てきたのかわからない。

「そういえば、名乗っていなかった。俺は六花《りっか》。ここよりはるか東にそびえ立つ、不動山《ふどうさん》で生まれし天狗だ」

水鷲が見ている前で、六花の手から火が消えた。

一面は暗闇に閉ざされた。

だが、水鷲とて腐っても天狗だ。目で見ずとも、周囲の様子はわかる。

座りこんだ地面の下を通り、じわじわと広がっていくエネルギーを感じた。強くてしなやかな神通力が膜となって、御山を包みこんでいく。

ものすごい量の神通力である。

「……っ！」

水篶は圧倒された。これほどまでに強大な神通力を、一人の天狗が持っていることに驚愕《きょうがく》していた。

しかも、どれだけ放出しても、六花の器が空にならない。まるで、地下水が湧きでて枯れない泉のように、六花はつねに満たされている。

六花の力で包まれたところから、少しずつ山が落ち着いていった。

雨水の流れが変わり、崩れかけていた崖が持ちなおし、雨で緩んでいた土が締まり、木々がしゃんと立ち上がる。

夢でも見ているようだった。

# 4

「六花さま、ありがとうございました」

翌朝、水篶は地に伏して頭を下げ、礼を述べた。

六花は一晩中、神通力で荒磐岳を包みつづけ、弱ったところを修復し、さらには瘴気を放っていた魑魅魍魎までも吹き飛ばしてくれたのだ。

今は雨も上がり、晴れ間が広がっている。

水篶がこれまで感じたこともないくらい、荒磐岳には清々《すがすが》しい空気が流れていた。呼吸をするだけで、失った水篶の神通力が戻ってくるようだ。

大天狗が統べていたころの荒磐岳は、こんな感じだったのかもしれない。

「そのように、かしこまらなくていい。頭を上げて普通にしていろ。俺はまだ修行中の若輩者ゆえ、気軽に呼び捨てにしていいぞ」

そうは言われても、六花のおかげで荒磐岳が救われたのである。

修行中の身でありながら、あれほどまでにすさまじい力を発揮し、荒れる山を見事に鎮めてしまうとは、世の中にはすごい天狗がいたものだ。

修行によって伸びたところもあるだろうが、基本は持って生まれた力であろう。

天狗は力社会である。強い天狗が、頂点に立つ。

並外れた強さを誇り、恩人でもある六花を呼び捨てになどできないと、困惑している水鷲をよそに、六花は周囲をきょろきょろ見まわしながら言った。

「この山は、大天狗の守護を失くしたのだな。お前一人ということは、ほかの天狗は山替えしたのか」

「はい。そう聞いています」

水鷲は自分の生い立ちと、空木のことを話した。

「なるほど。主のおらぬ山のご神木から、ややこが産まれようとは。しかし、結界のない山でややこを育てるのは大変だったろう。その空木とやらは、お前を連れて山替えをしようとはしなかったのか」

昔の苦々しい記憶を思い出し、水鷲は表情を曇らせた。

「大天狗さまが山頂一体に張られていた結界は、どういうわけか、亡くなられたのちも五年間は生きていたのです。俺は天狗界で五歳まで育ちました。が、結界がついに消滅してしまい、御山の未来が明るくないことを悟ったのでしょう。空木は俺のために山替えを決意し、ここからほど近い山を訪れ、頭を下げてくれました。でも……そこには馴染めなくて」

天狗は排他的なところがあり、棲みかをなくした他山の天狗を快く受け入れてはくれなかった。

空木と水鷲はよそ者扱いで苛められ、山の端で惨めに暮らすしかなく、結局すぐにそこを出て荒磐岳に戻ってしまった。

荒れた山では、神通力を高めることはできない。安全で富んだ暮らしはできないけれど、棲み慣れた山で気ままに生きられるだけで、なによりありがたいと思えた。

水鷲はそれまで空木しか、自分以外の天狗を知らなかった。空木が優しいから、ほかの天狗も優しいと信じこみ、たくさんの仲間とともに和気藹々《あいあい》と暮らせるのではないかと夢見ていたが、大きな間違いだったと気がついた。

天狗は陰湿で、自己顕示欲と自惚《うぬぼ》れが強く、つねになにかと張り合って、勝とうとする。種族の最底辺に這いつくばっている水鷲には、到底生き抜くことのできない世界である。空木が山替えを最後まで渋っていた理由が、行ってみてわかった。

だから、戻ってきた水鷲は、荒磐岳から離れなかった。

空木がいなくなってからは、ときおり、人間によって整備された、天狗のいない山に遊びに行って寂しさを紛らわせたりしたが、天狗が棲んでいる山には絶対に近づかなかった。ほかの天狗に会うのが怖かった。馬鹿にされ、苛められるからだ。

だが、六花は違う、と水鷲は思った。からりとしていて、陰湿なところがなく、なにより水鷲と荒磐岳を助けてくれた。

六花は水鷲の話を訊いて、顔をしかめていた。

太陽の下で改めて見れば、美しく整った顔立ちをしている。髪は茶色だった。

身長は冬征と水鶯の中間くらいだろうか。冬征のように筋骨隆々とした逞しさはなく、すらっとした身体つきだ。

「苛められたのか、お前」

「……はい。俺はとても、弱いので」

「たしかにお前は弱い。俺が会った天狗のなかでは、一番弱い。だが、そんなに弱っちょろいのに、たった一人で御山を守ろうとしていた。俺は感心したぞ」

「あ、ありがとうございます」

強い天狗に褒められて、水鶯ははにかんだ。長年、自分のやっていたことが報われた気がして、喜びがこみ上げてくる。

「どこの山だ？」

「え？」

「どこの山の天狗に苛められたのかと訊いている。棲みかを失って行き場をなくした天狗を苛めるなど、俺が許せん。お前の代わりに仕返しをしてやろう」

「えっ、いや、それはけっこうです。かれこれ、八十年以上前のことですし、俺と空木にも、あそこは自分の山じゃない、荒磐岳に帰りたいという気持ちが滲みでていて、それが気に入らなかったのかも……今はそんなふうにも思えます」

「そうか。なら、仕方がないな。ところで、お前は何歳だ？」

「九十歳になりました」

六花がまじまじと水篶を見た。

天狗の九十歳は、若輩と呼ばれる年齢だ。若すぎて驚いたのだろうか、と水篶が思っていると、六花は言った。

「俺は二十八だ。凜海坊さまにはひよっこと呼ばれている」

水篶のほうが、六花の若さに驚いた。

だが、年功序列は関係ない。その強大な力もさることながら、六花には水篶が傅《かしず》かずにはいられない不思議な力があった。

「凜海坊さまとは、どなたですか」

「九州、聞越山《ききこしやま》を治めておられる大天狗さまだ。俺は八歳より聞越山で修行をし、先日区切りがついたので、次なる修行の地、蓮生山《れんしょうざん》へ向かう途中だった。折しも台風到来で、暴風雨のなかでいかに素早く飛べるか遊んでいたら、お前を見つけた」

「足を止めさせてしまい、申し訳ありません」

「崩れゆく山を見捨てていくわけにはいかん。一人でも天狗が棲んでいるのなら、なおさらだ。俺の神通力が保護している間は大丈夫だろうが、長くはもたんぞ」

「そうですか……」

「生まれ故郷を離れたくない気持ちはわかるが、もう一度山替えを考えてみてはどうだ。俺が生まれた不動山では、山替えしてきた天狗を苛めたりしない。不動山もいいところだ。来るなら、俺から話を通してやる」

ありがたい申し出に、水鴛は首を横に振った。

「いいえ。俺は荒磐岳から離れることはできません。でも、ありがとうございます」

六花が嘘をついているとは思わない。六花のような天狗を生みだした不動山は、きっと素晴らしい山なのだろう。

だが、水鴛がそこへ行くことはできない。

冬征を置いて、天狗の世界に行くことはできないのだ。

ふと、六花が首を巡らせた。

「……人間が来た。お前を呼んでいるぞ、水鴛」

「……」

水鴛は身体を起こして耳を澄ませた。

距離があるのか、水鴛にはなにも聞こえない。しかし、ここまで来て水鴛を呼ぶ人間など、冬征しかいなかった。

「あっ、滑って転んだ」

「……！」

六花にはそんなことまでわかるらしい。荒磐岳全土を神通力で包んでしまえるのだから、なにも不思議はないのかもしれない。

「水篶水篶と、うるさいほどに叫んでいる。返事をしろと怒鳴っているぞ」

「俺のし、知り合いです。きっと、俺を心配して……」

水篶はしどろもどろに言いわけをした。

人間と関わりを持ってはいけない、というのは、空木の教えではあるが、天狗という種族に共通する決まりでもあると認識している。

二十年前に人間を拾い、今では一年の半分以上はその人間のアパートで過ごしているなどとは、絶対に知られたくなかった。

規則を破った天狗として罰せられるのはともかく、冬征との別離を強いられたりしたら困る。冬征とは別れるべきだとしても、決めるのは水篶であって、誰かに引き裂かれるのはいやだ。

冬征のもとに早く行ってやりたいが、六花をどう誤魔化《ごまか》そうか考えていると、六花は興味津々の顔つきで身を乗りだしていた。

「人間の知り合いだと。そんなものがいるのか。お前、なかなかやるな。早く迎えに行ってやれ。いや、俺も行こう」

六花は勝手に決めて、背中の翼を広げた。

ばさっと音がして羽ばたいたと思ったら、もう空高く飛んでいる。

「ま、待ってください！」

水篶は急いで六花のあとを追いかけた。


出し抜けに空から現れた見知らぬ天狗に、冬征は度胆を抜かれた。

すぐあとに、比較的元気そうな水篶が降りてきて、胸を撫で下ろす。どうやら、神通力を限界まで使ったわけではなさそうだ。

水篶は冬征のもとに駆け寄ってきて、怒った。

「冬征！　ここには来るなって言っただろう」

「ごめん。ニュースで流れた荒磐岳の様子がすさまじかったから、居ても立ってもいられなかったんだ。これでもぎりぎりまで我慢して、台風が過ぎるのを待って出てきたんだよ。雨風のなかを車で走ったら、水篶が心配すると思って」

「当たり前だ！　そんなことしたら、絶対に許さない！」

目くじらを立てて怒る水篶を、冬征は見下ろした。

小さいからか、怒っていても可愛らしい。今日は秘蔵の高足駄を履いていないので、仰《の》け反《ぞ》るようにして冬征を見上げている姿が小動物のようで、やっぱり可愛らしい。

「すごい台風だったからね。意識を失って、どこかで倒れ伏してるんじゃないかと心配してたんだ。何日かかっても、山中歩いて捜すつもりだった。怒る元気があってよかった」

「仕事はどうしたんだ」

「有給休暇を取ってきた。とりあえず三日と、土日含めて五日。こんなふうに簡単に見つけられるとは思ってなかったから……」

もし、水鴛が見つからなければ、会社を辞めてでも捜すつもりだった、とは言わないほうがいいだろう。

冬征はもう一人の天狗を気にしながら、水鴛の肩に手を置いた。

「……じつは、危ないところだったんだ。俺一人ではどうにもできなくて。こちらは、不動山の六花さまだ。ちょうど通りかかって、助けてくださった。六花さまがいなかったら、御山は崩れてた」

水鴛が緊張しているのがわかって、冬征も身構えた。

水鴛以外の天狗がどのようなものか、冬征にはわからない。水鴛は他山の天狗を怖がっていて、冬征にも水鴛以外の天狗に会ったら逃げろと言うくらいだ。

だが、水鴛を助けてくれたということは、悪い天狗ではないのかもしれない。

少なくとも、水鴛と冬征を食い入るように見ている顔は好奇心に溢れていて、意地悪そうには見えなかった。

「あの、初めてお目にかかります。俺は朝倉冬征と言います」
冬征が名乗ると、六花は目を輝かせた。
「やはり俺が見えているのか！　では、お前は無垢なる男だな。もういい加減年を取ってい
るように見えるのに、無垢か！　いや、無垢なのはいいことだ。天狗が見える」
赤の他人から無垢を連発されると、さすがに堪える。童貞の繊細な心を、ナイフでザクザ
クと切りつけられているようだ。
しかし、冬征は如才なく受け流した。
「……無垢でなければ、水篶とつき合えませんから」
冬征が童貞でいるのはもちろん、水篶とずっと一緒にいるためと、身体を交えるなら水篶
だけと決めているからだ。
水篶は冬征に素肌さえも触らせてくれないけれど、冬征は諦めていなかった。死にたくは
ないが、もう少し深く、水篶と触れ合える方法を突きつめたい。
その前に、水篶に冬征と恋人になることを認めさせなくては。
六花に助けてもらったとはいえ、水篶も頑張ったのだろう。髪は乱れ、顔も服も泥で汚れ
ている。
弱いくせに、御山を丸ごと守りたがる。決して、見捨てようとしない。拾った子どもも、
捨てられない。

優しい天狗だ。孤独で哀れでもある。

初めて会ったときのことは、今も鮮明に覚えている。黒い翼を広げて舞い降りてきた、美しい人ならざるものに、冬征は一目で夢中になった。

冬征の世界は水篶一色となり、養い親に対する思慕の情が、成長するに従って、恋に変わっていくのは必然だった。

水篶の孤独を知れば知るほど、水篶が愛しくてたまらなくなった。水篶のためなら、なんだってできる。

弱った水篶の生餌となり、たとえ枯れ果てて死ぬことになろうともかまわない。

その覚悟で、今日はここまで来たのである。

そこへ六花が、爆弾を落とした。

「知り合いだと言っていたが、お前たちは恋仲か」

「ち、違います！」

即行で否定したのは、水篶だった。

冬征は傷ついたものの、水篶が震えていることに気がついて、さらに強く肩を抱き寄せようとした。

水篶はそれをいやがって、身を捩った。

怪訝《けげん》そうな顔で、六花が首を傾《かし》げた。

「しかし、お前の身体からは、そこの無垢なる男の匂いがぷんぷんしている。……飲んでいるな？」

ビクッとなった水篶は顔色をなくし、縋るように六花に訴えた。

「違うんです、生餌にしているわけじゃありません！　冬征に助けてもらってるのは確かだけど、生餌にしようと思ったことは一度もないんです、本当です……！　子どものころ、この山で迷っていた冬征を保護しました。親を亡くしていて放っておけなくて、離れようと思いながら、時間が経って今日まで……。でも、ちゃんと人間の世界に返します。だから、見逃してください。冬征にはなにもしないでください……！」

水篶がなにに怯えているのか、冬征にもようやくわかった。

天狗と人間は馴れ合ってはいけない、生餌にしてはならない、というのが天狗たちの規則で、水篶はそれを破っていることになるのだ。

ばれてしまったからには、水篶は罰せられ、冬征は記憶を消されるのかもしれない。

冗談ではなかった。

「俺が水篶に無理やり、飲ませたんです。そうやって力を溜めさせておかないと、荒れる御山の手入れなんて、水篶にはできません。水篶が俺から不当に精を啜ったことはありません。俺は生餌じゃないんです」

前へ進みでて、冬征も水篶を庇った。

冬征は水篶と生涯をともにしたかった。誰に怒られようと、罰せられようと、離れたくないのだ。

冬征を守ろうとする水篶の気持ちはありがたいけれど、記憶を消され、離れ離れになるくらいなら、ここで死んだほうがましだ。

冬征の命を救ったのは水篶で、水篶がいなければ、この世は生きる価値もない。

「冬征……」

泣きそうな顔をしている水篶を強引に引き寄せ、抱き締める。

今度は水篶もいやがらなかった。

「水篶……愛してる」

小さな声で囁いた。

言えるときに言っておきたかった。

荒磐岳を取り巻く澄んだ空気に緊張が走る。

「お前たち、仲睦《なかむつ》まじいではないか。二人で庇い合って、なにをそれほど怯えているのか知らないが、俺はなにもしない。天狗が人間の伴侶を娶《めと》るのは喜ばしいことだ。俺のかかさまも、もとは人間だからな。だが、もし水篶が冬征を天狗に転成させるつもりなら、考えたほうがいい」

「……！」

今度は激震が走った。

六花の言葉を理解するのに、冬征も水篶も時間がかかった。恐れていた危機は去り、突然に幸運が舞い降りてきた。

二人で思わず顔を見合わせて、先に我に返ったのは冬征だった。

「り、六花さま、そのお話を詳しく教えていただけませんか。人間が天狗に転成する方法を、ずっと探していたんです！」

「よかろう。ここで立ち話もなんだ。休めるところを作ろう」

六花はそう言うと、米俵を担ぐように冬征をひょいっと肩に乗せ、水篶を反対側の小脇に抱えて歩きだした。

「わっ」

水篶が驚いた声を出した。冬征も心の中で同じことを言っていた。

小柄な水篶はともかく、冬征は六花よりも背が高く、がっしりした体格をしている。けれど、二人を抱えてふらつくことなく、ぬかるんだ山道を草鞋で闊歩《かっぽ》し、ほとんど垂直の崖も足で歩いて登っていく六花にはなにも言えず、冬征と水篶は揺られながら目を合わせて途方に暮れた。

人間には分け入ることのできない数々の難所を乗り越え、山頂にほど近いところで立ち止まった六花は、冬征と水篶を下ろすと、手近に立つ一本の木に手を当てて、目を閉じた。

ゴゴゴッと地鳴りがして、視界がぶれる。

身体が傾ぐほどの突風が吹いて目を閉じ、開けたときには、目の前に一軒の山小屋が忽然《こつぜん》と出現していた。

「ふぅ。昨日に力を使いすぎたな。少々時間がかかった。まぁ、入れ」

六花のあとにつづいて入った小屋のなかは、六畳くらいの広さで、ちゃんと円座が敷いてあった。

神通力とは、このような使い方もできるのだ。

烏に変化すること。人の記憶を消せること。水篶の神通力も、人間の冬征からすれば、すごいと感心するものだったが、これは桁《けた》が違う。

天狗の水篶も呆気《あっけ》に取られた顔で、小屋のなかを見まわしていた。

円座に胡坐を掻き、六花が言った。

「人間が天狗に転成する方法だったな」

「はい」

冬征と水篶も、同じように座った。

自然と背筋が伸びた。

冬征は十年以上、それを探し求めてきた。天狗や山に関する文献を読み漁り、自己流で身体を鍛えた。

修験の修行をすれば霊験を得られる、という記述は少なくなかったので、修験体験を設けている寺へ行き、滝修行などを体験してみたが、修験道を極めても、冬征が望む天狗になれるようには思えなかった。

心身の穢《けが》れを取り去り、神仏に祈れば、水鷲と同じ種族に転じられるかといえば、そうではない。

それでも、試せるものはすべて試した。はじめのころは単に、水鷲とともに暮らしたいという理由だったが、今は違う。

水鷲の恋人になるために、知りたいのだ。

冬征の隣で、水鷲も固唾を呑んでいる。その表情が、せつないほどの期待に満ちているように見えて、冬征の胸が熱くなった。

きっと、水鷲も冬征と同じ気持ちなのだ。そう信じたい。

ついに、六花が口を開いた。

「水鷲が冬征を伴侶にするなら、冬征は天狗に転成できる、かもしれない。人間を天狗に変えるというのは、仲間を増やすという意味ではなく、伴侶を迎えるということだ。伴侶の契りを交わし、天狗の精を人間に注げば、身体が変わってくる」

「伴侶、ですか」

「人間でいうところの夫婦だ」

「夫婦！」

冬征は咄嗟《とっさ》に、鸚鵡《おうむ》返しで叫んでしまった。

あまりにも、自分の理想とする展開で、興奮が抑えきれない。

「そ、その精を注ぐというのは……」

水篶も震える声で六花に訊ねた。

「好きな方法で注げばいい。口から飲ませるもよし、つながってなかに出すもよし。だが、一度や二度では変わらない。転成にかかる時間は、その天狗の力と人間の性質にもよるので、定まってはいないそうだ」

「待ってください。天狗の精液は、人間にとって毒になるのでは？　空木が、俺を育ててくれた烏天狗がそう言ったんです。一滴でも口にしたら死んでしまうから、絶対に触れさせてはいけないと」

「おそらく、嘘をついたのだろう」

「……嘘？　空木が俺に嘘を？」

愕然としている水篶の手を、冬征は横からそっと握ってやった。無意識に握り返してくれるのが、頼りにされているようで嬉しい。

「人間が天狗に転成するのは、簡単なことではないのだ。お前たちも、よく聞け」

六花が語る話に、冬征と水篶は聞き入った。

一度、天狗の精を飲んだ人間は、毎日その天狗の精を飲まないと飢えて死ぬ。

絶対に天狗に転成できるという保証はなく、過去には転じきれずに年を取って死んでしまう伴侶も多かった。無事に転成したとしても、三日に一度は精を飲まないと、やはり飢えて死んでしまう。

飢えとは、のたうちまわるほどにひどい苦しみで、即死ではなく、数日はそのまま悶《もだ》え苦しみながら生きるが、精以外のものを口にすれば、さらにすさまじい飢えに襲われる。

伴侶の精は、連れ合いの天狗に大きな力をもたらす。しかし、もし連れ合いの天狗以外の精を飲まされれば、伴侶は泥舟と呼ばれる肉体に変じ、その精が持っていた神通力を増幅させる力は失われる。

ゆえに、伴侶には貞節が求められ、連れ合いの天狗のほうも、伴侶を泥舟にせんと狙《ねら》う邪《よこしま》な天狗たちから守るだけの力を持たねばならない。

「ほかにもいろいろあるが、今にすべて話しても理解できないだろう。伴侶となる人間の資質も大事だが、すべては天狗の神通力にかかっていると言ってもいい。その空木とやらは、水篶には人間を転成させるだけの力がないと考え、嘘を教えたのだと俺は思う。転成させたいと願うほどに愛しい伴侶を、自分で殺してしまうことになりかねないからな。だから、俺も考えたほうがいいと言った」

「お、俺では無理ですか。六花さまも、そう思われますか……」

「うん」

六花はあっさりと頷いた。

冬征も水鷲も言葉を失い、互いの顔を見るのもはばかられて、板敷の床に視線を投げた。

天狗の精液は毒ではなかったものの、一日でも欠かせば苦しんで飢え死にするというなら、空木のたとえも、まったくの嘘ではなかったことになる。

ひたすらに水鷲の精液を飲みつづけていれば、天狗に転成できるなんて、どんなご褒美かと喜んで舞い上がったのも束の間、また地面に叩き落されてしまった。

六花の話では、夫婦の夫にあたるのが天狗で、妻が人間のようだったが、冬征は水鷲に抱かれたいのではなく、水鷲を抱きたかった。夫の側になりたいのだ。大柄な冬征を押し倒して抱きたいとは、水鷲も考えていないだろう。

互いの精を飲んで力を増幅すればいいのだから、役割がどちらでも、そこは問題にならない気がする。

冬征は床の木目を見るともなしに見ながら、いい方法がないか考えた。

しかし、神通力という分野に入ってしまうと、冬征の努力によってなせることはなにもなく、頼れるのは運ばかりである。

転成に失敗したとしても、人間のままでいても、どのみち年老いて死ぬ。ならば、駄目もとで挑戦してみたかった。

運には恵まれていると、冬征は自分で思っている。水篶は冬征を可哀想な子どもだと憐《あわ》れんでいるようだが、違う。

両親が死に場所を荒磐岳に決め、冬征を置いて逝ったときから、冬征の幸運の人生は始まったのだ。水篶と出会わせてくれた両親には、感謝の気持ちしかなかった。

決して諦めはしない。水篶とつないだ手は、離さない。

冬征は顔を上げた。

一か八かに踏みきる前に、とりあえずは情報収集である。六花がこの話に詳しいのも、六花の母が人間出身の伴侶だからだろう。

前例があるのは心強い。

「よろしければ、六花さまの……その、母上のお話を聞かせていただけませんか」

六花はかかさまと言っているが、なんとなく、お母さまと呼ぶのもしっくりこなくて、迷ったすえ、母上と呼んでみた。

無情にも六花の首は横に振られた。

「かかさまの話は軽々しく他言してはならぬと、ととさまに厳しく言われている。かかさまに興味を持った不埒《ふらち》な輩が、いつなんどきかかさまを襲いに来るかわからんからな。ととさまは不動山の大天狗、来ても、返り討ちにされるのが関の山だが」

「伴侶とは、存在を知られれば襲われるものなのですか」

驚いて訊ねたのは水篶だった。

「今の天狗界では人間を伴侶にするのは珍しく、かかさまの転成は数百年ぶりの慶事だそうだ。俺が知るかぎり、かかさま以外に人間から転成した天狗はおらん。必ず襲われるものではないが、天狗は珍しいものが好きだからな。珍しい宝があれば、見たくなり触れたくなり奪いたくなる。揉め事の種は撒《ま》かぬのが一番だ」

「……」

冬征は絶句した。

伴侶の数はそう多くないだろうと予想していたが、まさか六花の母しかいないとは思わなかった。

人間を天狗に転じるのは、それほどまでに難しいことなのだ。六花の母は、相手が不動山の大天狗だからこそ、成功したのだろう。

水篶には無理だと断じた六花の容赦ない言葉が、改めて勢いを持って突き刺さる。冬征が持っている強運だけで、立ち向かえる気がしない。

水篶を見れば、すっかり萎れてしまっていた。

自分では冬征を転成させることなど不可能だと、冬征以上に実感している顔だ。

勝算がなくとも、冬征には挑戦するという選択肢しかない。老いて死ぬという結果が同じなら、足掻《あが》いてみたかった。

だが、水鷲の気持ちを考えれば、強行に踏みきるのもためらわれた。

失敗を覚悟で挑み、年々老いていく冬征を見ながら、己の無力を責め、さらには冬征の死後もずっと後悔しながら生きるのかと思うと、可哀想だった。

「二人とも、そう落ちこむな。水鷲は修行を積んで、神通力を鍛えたらどうだ」

六花に言われて、水鷲が顔を上げた。

「そうすれば、神通力が強くなって、俺でも冬征を天狗に転成させられるでしょうか」

藁《わら》にも縋るとは、このことである。

冬征の心にも希望の火が灯ったが、それは一瞬で掻き消された。

「いや、期待はするな」

「えっ、む、無理なんですか」

「それじゃ、修行する意味がないです」

冬征も思わず口を挟んだ。

「なにもしないよりは、ましだ。才能がないというのではないが、水鷲は器が小さすぎる。普通の天狗が神通力を溜めこむ器が、これくらいだとすると」

六花は両腕で大きな盥《たらい》ほどの円を作ってみせ、

「水鷲の器は、これくらいだ」

今度は両手で茶碗くらいの大きさを示した。

「……」

そんなに小さいのか、と冬征は思った。

「器が小さくて力を溜めこめないから、弱い。神通力の循環をよくするとか、器の小ささを技で補う修行をすれば、今よりは多様なことができるようになるだろう。持って生まれた茶碗を盥にまで広げる方法を、俺は知らんが、高徳坊さまならご存じかもしれん」

「高徳坊さまとは？」

「蓮生山におわす大天狗さまだ。千二百歳を超え、博識であらせられる。俺は高徳坊さまのもとへ修行に行くところなのだ。水篶、お前も一緒に行って鍛えよう。修行は山替えではない。高徳坊さまは弱いもの苛めなど許さない方だし、事情を話せば、快く受け入れてくださるだろう。俺も一緒だから、寂しくないぞ」

水篶の顔に笑みが浮かんだのを、冬征は見逃さなかった。

しかし、水篶はその申し出を断った。

「ありがたいお話ですが、俺はやはり、荒磐岳を離れたくありません」

「そうか」

「六花さまのおかげで踏ん切りがつきました。――冬征を人間の世界に戻します。俺を忘れて、人間としての幸せを摑んでほしいから」

水篶が導きだした答えに驚愕し、冬征は目を剝いた。

「なにを言ってるんだ、水鷲！　俺は絶対にいやだ！　俺の幸せは水鷲と一緒にいることだって、何度も言ったよね？　なにがあっても、たとえ天狗になれなくても、俺は水鷲から離れない！」

冬征は水鷲の肩を摑んで、揺さぶった。

「それじゃ、駄目だ。それはお前の本当の幸せじゃないんだよ、冬征」

「俺の幸せは俺が決める！　俺を追いだそうとしないでくれ！」

諦めに囚《とら》われた水鷲は、激する冬征を穏やかに諭そうとした。

「お前が天狗に転成してくれたら嬉しいと思ってた。お前が一生懸命、その方法を見つけようとしているのを見て、俺も期待してたんだ。だけど、無理だとわかってしまった。こうなった以上は、お前と離れるしかない」

「なんでそうなるんだよ！」

「だって、空木がそう言ったから……」

「空木さんの意見はどうでもいい。空木さんの考えがすべて正しいとは、俺は思わない。水鷲はどうなの？　俺と離れたいの？」

冬征の問いに、水鷲は答えなかった。

「六花さまにお願いして、お前の記憶を消してもらう。きっと綺麗に消してくださる。そうすればお前は……」

「やめてくれ！　記憶を消したり戻したり、俺は水篶のおもちゃじゃない！」

冬征は思わず怒鳴ってしまった。

あまりにも身勝手すぎる。天狗に転成する方法を探すのと同じ年月をかけて、この問題も論議してきたが、水篶はどうしても空木の教えから脱却できない。

育ての親で、空木がすでに亡くなっているから、遺言のように感じて、余計に裏切れないと思うのかもしれない。

しかし、この言い分はひどい。

水篶と生きてきた時間が、今の冬征を作っているのだ。そこから、水篶の記憶だけを消し去ったら、それはもう冬征ではない。

記憶を消すのは、冬征を殺すのと同じことだ。冬征の幸せを願いながら、冬征を殺そうとするなんて矛盾している。

苛立ちと怒りに加えて、先ほど六花の誘いを受けたときに目にした、水篶の笑みが脳裏にちらつき、冬征は口元を歪《ゆが》めて言った。

「俺から記憶を奪って、水篶は六花さまと蓮生山に行くつもりなのか？　水篶こそ、天狗の仲間が欲しいんだろう。俺を体よく追い払ってさ」

「……！」

水篶の顔が歪み、大きな瞳にみるみる涙が溜まって、流れ落ちた。

泣きたいのは冬征のほうだ。

腹を立てているのに、水篶の涙を見ると、途端に胸が痛む。暴言を吐いて泣かせたのは冬征なのに、反射的に涙を止めたくなってしまうのだ。

冬征は心の赴くままに唇を寄せ、零れる涙を吸い取った。舌に載せて、味わってみる。

天狗の涙は、人間と同じようにしょっぱかった。

「……と、冬征！」

身に沁みついた習慣で、慌てて逃げようとする水篶を、しっかりと抱き締める。

「大丈夫。水篶の涙は、毒じゃない。……ひどいこと言ってごめん。愛してるんだ。俺を遠ざけないで」

そう囁くと、水篶はいっそう激しく泣きじゃくった。

涙と一緒に、空木の教えも流れて出てしまえばいいのに、と思いつつ、冬征は水篶を抱き締めつづけた。

# 5

「ん、んん、んんーっ」

わざとらしい咳払《せき》いで、水鴛は我に返った。

冬征との言い合いに白熱し、六花がいたのをうっかり忘れていた。二人で揉めた挙句に泣きだしたりして、情けない天狗だときっと呆《あき》れているだろう。

謝っていたが、冬征がひどいことを言ったとは思っていない。あそこまで言わせるほどに、追いつめてしまった水鴛が悪いのだ。

こんな水鴛を愛してくれる冬征の気持ちも覚悟も嬉しいけれど、水鴛にも曲げられないものがある。

水鴛は呼吸を整え、冬征の胸元から顔を離し、手の甲で涙を拭おうとして、冬征に止められた。

「じっとしてて」

「……?」

顎を取られて仰向《あおむ》けば、冬征の顔がすぐそこにあり、涙をまた唇で拭われた。温かく弾力のある唇が頬を滑り、舌先で目尻の涙を舐め取られる。

二度目だからといって、慣れたりはしない。今まで、水篶が冬征の身体を舐めたことは数えきれないほどあっても、逆はなかったので驚いてしまう。

水篶が押しのける前に、冬征は離れていった。真っ直ぐ見つめてくる瞳には、先ほど昂った感情の名残が薄く光っていた。

「今日から、水篶に触れることに俺はためらわない。我慢してきたことを全部やるから、水篶もそのつもりで」

水篶は無意識に身体を震わせた。

荒磐岳に帰る前、冬征のアパートでしたやりとりを思い出したのだ。水篶を裸にして、隅々まで見て、触りたいと言っていた。

そんなことをされたら、水篶だって我慢できない。

「だ、駄目だ……！　俺の精を飲もうとするのだけは、やめてくれ。飲んだら、もう戻れない。それだけは駄目だ」

「じゃあ、俺の記憶を勝手に消さないって、約束して。六花さまにも頼まないって」

「頼まれても、俺はやらないぞ。記憶をなくすのはつらいものだ。忘れたほうも、忘れられたほうも悲しい。そんなことの片棒は担ぎたくない」

「……」

六花にまで非難され、水篶は胸元を押さえた。

冬征も六花も、空木を知らない。

空木と水鶯が暮らした十三年を知らない。

死の間際に、空木が水鶯にしてくれたことを、知らない。

それが今も、水鶯のなかでどれほどの重さを持っているか。

「二人ともまず、頭を冷やせ。冷やしてから、とことんまで話し合え。迷いがあるうちは、どんな結論を出しても納得できず、また迷う」

「俺に迷いはありません」

「それは迷いではなく、焦りだ。水鶯が天狗の仲間と去って行く前に、つなぎ止めておこうという腹だろう」

冬征が勝気な顔で素早く口を挟んだが、六花にばっさりと斬られた。

「違います！　……いえ、違いません。さっきは記憶を消すと言われたので、ついカッとなってあんなことを……」

感情を爆発させたことを恥じ入るように、冬征は呟き、

「今はもう、頭も冷えています。水鶯を独り占めしたいという気持ちは、否定しません。水鶯は俺だけのものであってほしい。俺の希望はただひとつ。水鶯の恋人、いえ伴侶になって一緒に暮らすことです。天狗に転成できれば言うことないですが、人間のままでも、限られた寿命をすべて水鶯とともにある時間に捧《ささ》げたい」

六花を正面から見据えて、よどみなく決意を述べた。

「水鷲を選んで、すべてを捨てるか」

冬征の潔い覚悟に、六花は感心した。

「水鷲が俺のすべてです」

「後悔しないのか」

「しません」

「人間のままでも、ということはつまり、死んでいく自分を水鷲に看取らせたいのだな。空木をなくした水鷲に、お前まで失う悲しみを背負わせるか。それがお前の愛か」

「……っ！」

冬征がふいっと目を逸《そ》らせた。

気づかないふりで言わずに隠しておこうとした本音を、言い当てられてしまったみたいな顔をしている。

寿命があって死を迎えるのは、冬征の責任ではないのに、そんなことまで気に病むなんて、冬征は優しすぎる。

だが、心配することはないのだ。冬征が死んだら、水鷲も死のうと思っている。これ以上、独りぼっちで生きるのはいやだし、天狗と人間、それぞれの肉体の殻から抜けでた魂同士なら、永遠に一緒にいられる気がした。

水篶がそんな思いを、ひっそりと胸で温めていることを知らない冬征は、肩を落として少しの間ためらい、やがて水篶を気にしながら、心中を吐露した。

「水篶を可哀想に思いますが、どう頑張ったって、俺は死んでしまうのだから、仕方がありません。死ぬより前に、もっと大きな問題があります」

「どんな問題だ」

「俺は年老いていきます。外見的に水篶とつり合いが取れる年代は短い。五十代、六十代になれば、どんなに努力しても体力は衰え、外見も変わる。山での暮らしが厳しくなる老人になったとき、水篶のそばにいる資格があるのかと、不安になる。老いた俺は水篶の負担にしかならない。……精液が出せなくなったら、そのときにこそ水篶と別れたほうがいいかもしれない」

「馬鹿なことを言うな！」

今度は水篶がカッとなった。

まるで、若々しい冬征とその精液だけを目当てにしている、享楽的な天狗であるかのような言われようだ。

別れを口にした水篶には、水篶以外の人間と愛し合い、子どもを作って幸せになる冬征の姿を見届ける決意がある。それが水篶の責任で、死にたくなるほどつらいだろうと、覚悟もしている。

そうなったときには、天寿をまっとうした冬征のあとを追って死んだとしても、魂さえ一緒にはなれない。

それに比べたら、水篶を愛してくれながら老いていくことなど、なんの問題もない。

「なにがつり合いだ。おっさんになろうとおじいちゃんになろうと、お前はお前だ。お前の精なんかなくたって、俺は生きられる。お前がどんな姿でもかまわない……だって俺はお前を、お前を……」

愛してるんだから、と口走りそうになるのを、水篶はすんでのところで堪えた。

が、その言葉を引きだしたい冬征が、見逃すわけはなかった。

「俺を、なに？　途中で黙らないで、最後まで言ってよ」

「な、なんでもない……」

「なんでもないこと、ないだろう！　水篶だって、俺のことを好……」

「そんなことない！」

「じゃあ、嫌いなの?」

「そんなわけないだろ！」

「なら、好きなんじゃないか」

「……っ！」

冬征の怒濤の攻めに、水篶の息が上がってきた。

水篶が降参するまで、冬征は許してくれそうになかった。

嘘も隙も見逃さない、追いこんで本音を引きずりだそうと覗《のぞ》きこんでくる視線が鋭すぎて、見つめ合っているのか睨《にら》み合っているのか、わからない。

瞬《まばた》きすらはばかられるほどの緊張感に囚《とら》われて、目を逸らしたいのに逸らせない。

膠着《こうちゃく》したそこへ、肌色のなにかが割って入った。

「だから、落ち着けと言っている。今すぐ決めないといけないほど、差し迫った選択ではないだろう」

肌色は六花の手だった。

六花が手刀を差し挟めるほどに近づいていたことに、気づかなかった。

冬征は気まずそうに水篶から離れて背を向け、ため息のような深呼吸を三回ほど繰り返した。

水篶も気持ちを落ち着かせたいが、冬征の姿が目に入ると平常心を保てない。引くことを知らない冬征の勢いに、呑まれてしまいそうになるのだ。

「……少し、外へ出てきます」

立ち上がった水篶の後ろを、六花がついてきた。

「俺も行こう。頭を冷やすなら、ついでに荒磐岳を案内してくれ。冬征、お前は留守番だ。暇なら、身体を鍛えて……」

そう言いかけた六花は、登山用の長袖長ズボンの衣服に覆われた冬征の肉体が、六花よりも逞しく筋骨隆々としていることに気づいたらしい。

こいつ、なかなかやるな、という顔をし、筋トレ仲間の功績を称えるような感じで、冬征の腕を叩いた。

「まぁ、好きにしながらおとなしく待っていろ。美味そうな木の実を見つけたら、土産に採ってきてやる。台風に荒らされて、丸裸になっていなければいいが」

六花に追いたてられるようにして、水篶は小屋を出た。

昨日の台風が嘘のような青天だった。背の高い木々が茂る間を、日差しが光る矢となって差しこんでいる。

「ご神木はどこにある？」

「ご案内します」

水篶と六花は翼を広げて、飛び立った。

空から小屋を見下ろすと、冬征が入り口のところから、二人を見上げていた。

まるで置いてけぼりにされる子どものような、頼りなげな風情である。天狗の翼を羨ましがり、抱いて飛んでくれとねだった幼いころの姿が重なった。

なんだか可哀想になって、水篶は小さく手を振ってやった。冬征に見えたかどうかは、わからない。

荒磐岳のご神木は、翼のあるものでなければたどり着けない、谷間の深いところにある。深すぎて、野生の獣も滅多に入ってこない。魑魅魍魎の類も、ここには寄りつけないようだった。

薄暗くはあっても、つねに静謐《せいひつ》な空気で満たされている地に、二人は降り立った。

「だいぶ、衰えているな」

ご神木の幹に手を当てて、六花が痛ましげに呟いた。

水篶にしても、数ヶ月ぶりに見るご神木だ。松の巨木は見るたびに、枝が折れ、緑が減り、幹に走った亀裂が広がっている。

「昔は、それはそれは立派だったそうです。俺を産むのに、力を使い果たしてしまったんでしょう」

衰えゆく母なる大樹を、水篶は労《いたわ》るように撫でた。

空木が死んだとき、ここでずっと泣いていた。どうして俺を産まれさせたのだと、ご神木を恨んだ。

一人になるくらいなら、ご神木の根っこの下に埋もれたまま、産声をあげずに眠っていたかった。

そうすれば、悲しみも孤独も知らずにすんだ。

空木と作った楽しい思い出も知らずにすんだ。

「たしか、空木はお前が十三のときに死んだと言ったな。冬征と出会ったのはいつだ？」

「二十年前です」

もはや、六花に隠す意味はないだろうと、水鷲は冬征がこの山に来て、水鷲と出会ったいきさつや、今日までのことを語って聞かせた。

「……そうか。一度は記憶を消して、帰したか。それでさっき、あんなに怒ったんだな、あいつ」

「それしか思いつかなかったとはいえ、可哀想なことをしました。術も未熟で、俺の覚悟が足りていなかったばかりに、幼い冬征を振りまわして」

「冬征と出会うまでは、どうしていた？　ずっとここにいたのか？」

「ほとんどこの山にいましたが、ときどきは人里に下りて人間の暮らしを見たり、天狗のいない山へ行って、山歩きに来ている子どもたちと遊びました。翼を隠して、人間のふりをしたんです。子どもは無邪気で可愛いけれど、どの子も親のところへ帰っていく。それを見送るのがつらくなって、子どもと遊ぶのはやめました」

「余計に寂しくなったか」

水鷲はしょんぼりと頷いた。

子どもたちの騒がしい声が消え去り、日が沈んで真っ暗になった山のなかに一人で佇《たたず》んでいると、孤独がいっそう身に迫った。

「空木が死んでから冬征を拾うまでのことは、正直、あまり覚えていないんです。自分の存在が希薄で、時間の流れも曖昧で……そのうち、この身体が霧みたいに消えていって、御山と同化するんじゃないかと考えてました。空木が生かしてくれた命だから、簡単には捨てられない。でも、御山と同化するなら、空木も許してくれるだろうって」

「しかし、お前は人間の子を拾い、その子の精で生き延びている」

「……すみません」

「責めてはいない。お前が笑い、楽しみ、幸せに暮らすことは、空木にとっても嬉しいことに違いない」

「人間を誑《たぶら》かしたと、怒っているかも」

六花はおかしそうに笑った。

「俺が見たところ、人間に誑かされているのはお前だ。あれほどまでに執着されては、捨てられまい。捨てたら、死ぬまでお前を捜し求めて、死んだあとも化けながら捜し求めて、最後はきっと、荒磐岳に巣食う魑魅魍魎のひとつとなるだろうな」

「……そんな」

水篶はぎょっとして、六花を見つめた。

六花も水篶を見ていた。視線は水篶に向いているのに、水篶ではない、どこか遠くを見ているような目だ。

笑うと人懐こいが、表情が消えると途端になにを考えているのかわからない、超然とした存在に変わる。赤みがかった金色の神通力は、濃厚で深みがあり、燃え盛る炎のように勇ましく美しい。

冬征が人間でよかったと、水鶯は思った。

烏に化けるのがせいぜいの水鶯程度の神通力でも、すごいと言って冬征は目を輝かせる。もし、神通力を見る力を持っていたら、六花と水鶯の違いは一目瞭然だ。

水鶯の神通力は、産まれたときは青かったが、今は水色をしている。薄くて、吹けば飛ぶほど弱々しい。

六花と並べば、輪をかけて水鶯の貧弱さが目立つだろう。それは、消え入りたいほどの恥ずかしさを、水鶯にもたらしたに違いない。

六花の目に焦点が戻った。

「お前が盲目的なまでに空木を慕い、空木の教えを懸命に守ろうとするのか、わかったぞ。……ここに、いるな」

胸元を指先で示され、水鶯は無言で頷いた。

隠しているわけではないので、見抜かれてもかまわない。

「こんなことができるとは、驚いた。だが、そこには空木の意思は宿っていない。宿らせているのは、お前自身だ。わかっているか？」

「わかっている、と思います。空木の教えに背いても、空木は俺に罰を与えない。怒ったり責めたりもしない。わかっていても、背けない。自分でも、もどかしく感じるときがあります。だけど、空木は俺の一部なんです。思いどおりにならないからといって、切り離したりできません」

難儀なやつだなぁ、と呟いて、六花は肩を竦めた。

「お前の好きにすればいいが、冬征を魑魅魍魎に変えるのは、やめてやれ。なかなかいい筋肉を持っているのに、黒い靄になるなんてもったいないからな」

六花は不思議な惜しみ方をした。冬征の筋肉が気に入ったのだろう。

水鴛だって、気に入っている。浅黒い肌の下で、美しいうねりを見せる、硬くてしなやかな身体。

あれは俺のものなのに、と思った水鴛の胸に、嫉妬《しっと》の黒い靄がかかった。六花が望めば、冬征を簡単に奪われてしまうことに、水鴛はようやく気がついた。

冬征を褒めないでほしかった。冬征の肉体に興味を示してほしくない。冬征は水鴛のものだ、今はまだ。

今後、人間に譲ることはあっても、ほかの天狗には絶対に渡したくない。

「冬征はそんなものになりません」

不意に湧き起こった一方的な嫉妬に駆られ、水鴛はつっけんどんに言った。

「お前が拒めば、そのうちそうなるぞ」

「じゃあ、冬征の言うとおりに、駄目でもともとで伴侶にしろと？」

「守護も結界もないこの山で転成を始めても、失敗は目に見えている。冬征が老いて死ぬまで一緒にいることさえ、できないだろう」

「突き放しても駄目、転成も失敗する、それじゃ、俺たちはどうすればいいんですか」

「それを決めるのはお前だ。こうしろ、と俺が命じたところで、そのとおりにはできないんだろう？」

「……っ」

ぐうの音も出なかった。

「短慮を起こさず、最善の方法を見極めろ。お前がよくよく考えて決めて、お前の力ではどうにもできないことがあれば、俺が力を貸してやる」

自分勝手に膨らんでいた妬心が急速に萎《しぼ》んで、水鶩はうなだれた。こんな申し出をしてくれる天狗に、理不尽な嫉妬と怒りを向けた自分が恥ずかしくなる。

「すみません……」

「焦ることはない。冬征は二十五だと言っていたな。ここまで無垢を通したなら、あと十年くらい無垢でも、きっと平気だ」

「そ、それは可哀想です」

水鴛は思わず、そう言った。

冬征が聞いたら、ひっくり返りそうだ。

ああ見えて、童貞であることを気に病んでいるのを知っていた。人間のなかで生活しているぶん、水鴛のほうが六花よりも人間の男の性事情には詳しい。

六花は首を傾げた。

「そうなのか？　何年くらい猶予をもらえるか、ちょっと訊いてきてやろう。お前がいたら言いにくそうだから、遅れて戻ってこい。冬征の好きな木の実を採るのを忘れるなよ」

「六花さま！」

啞然《あぜん》とする水鴛を置いて、六花は風のように飛び去った。


「冬征よ、お前はあと何年、無垢でいられる？」

「……！」

一人で小屋に戻ってきた六花の不躾《ぶしつけ》な問いに、冬征は絶句した。

おそらく、水鴛はまだ悩んでいて、答えを出すのに時間がかかる。それを冬征が何年待てるか、という話の流れで、こうなっているのだろうと予想はつくが、あまりにも遠慮がなさすぎる。

六花のもの言いは、最初からこうだった。六花は天狗と人間の伴侶の間に生まれ、天狗に囲まれて育った、いわば天狗のサラブレッドである。

水鶩しか知らないから、天狗は人間と似た考えや感性を持つ生き物で、六花にデリカシーがないのだとばかり思っていたけれど、例外は水鶩のほうかもしれないな、などと、冬征は現実から逃避しながら考えた。

無垢なる男児の精液が神通力を増幅させるというのだから、性的な面にあけっぴろげで当然なのだ。そもそも、それが性的である、という認識もないのだろう。

「十年は余裕だな？　十年後でも三十五歳、天狗ならひよっこだし、人間もぴちぴちだ。そうだろう？」

「……いえ、ぴちぴちではありません。今の俺も、それほどぴちぴちしていません」

俺はなにを言ってるんだろうと思いつつ、冬征は主張した。

六花は冬征の頭の先から爪先まで、しげしげと見た。

「そうなのか。そう言われてみれば、たしかに。だが、ぴちぴちでなくても、無垢であれば問題ない。二十年くらい、いけるか？」

「いけません！　二十年後だと、俺は四十五歳ですよ。ご存じないかもしれませんが、人間の男の平均寿命は八十歳くらいです。寿命の半分を超えて無垢なのは、ちょっと」

「照れくさいか？」

「いやなんです。我慢できません」

冬征はきっぱりと言いきった。そこまでいくと、照れくさいとか恥ずかしいとかの問題ではない。

それに、水篶に自分の精を啜らせながら、水篶の身体には触れない生活を、このあと二十年もつづけるなんて、もはや修行僧も同然である。

「そこをなんとか」

「譲歩して一ヶ月です。俺は今夜にだって、水篶を抱いてしまいたい」

早く童貞を脱したい、というのではなく、水篶と愛し合いたい気持ちが昂って、止められないのだ。

たとえ、一ヶ月と約束しても、理性の糸が切れてしまったら、約束など無効になってしまう。冬征は獣と化し、水篶の服を剝ぎ、肌を舐めまわし、脚の間の秘められた場所を暴いて契ろうとするだろう。

そのときの快感を想像するだけで、肉体が熱くなる。それほどまでに、冬征は煮つまっていた。

非難するでも止めるでもなく、六花は淡々と言った。

「お前の精を水篶に注ぐのはかまわんが、水篶の精を飲んではならんぞ。転成が始まってしまうからな」

「始まってもいいです。むしろ、始めたい」

「やめておけ。ここは天狗が伴侶を迎えられるような山ではない。死に急ぐだけだ、お前も水篶も」

「天災被害が多くて、荒れることが多いからですか？」

「違う。大天狗が守護している山には、結界というものが張られている。結界の内側は天狗の棲む天狗界で、人間界とは異なる時間の流れが存在する。人間は天狗の結界を越えることはできない。また、結界は他山の天狗の侵入をも拒む、強固な壁ともなる」

「俺にも、その結界は越えられませんか」

「無垢なる男児は、天狗に招かれれば入れるそうだ。特別な縁《えにし》でもないかぎり、自力で越えるのは難しいだろう」

天狗たちも、自分の山と棲みかを守るために、自衛をしているのだなと冬征は思った。

大天狗がいなくなった荒磐岳にはもちろん、結界はない。水篶には、結界を張れるような力はない。

「伴侶の転成は、結界のなかの安全な天狗界で行うべきだと？」

「それ以外は考えられない。荒磐岳は剝きだしの状態で、どこの天狗でもすぐに入れる。俺のかかさまは、完全に転成するまでに二十年かかったと聞いた。お前は人通りのある道の真ん中で、二十年間裸になって睦み合えるか？」

「い、いいえ」

想像するだに恐ろしい、悲惨な状態である。

「丸見えで、珍しいことをしているのがわかれば、興味本位、あるいは悪意をもって接触してくる天狗たちもいるだろう。弱い水鶩では追い払えない。お前は汚されて泥舟にされ、水鶩が弱って死ねば、お前も飢えて死ぬ」

「……」

死刑宣告を受けたのと変わりなく、冬征は唸った。

水鶩の話によると、荒磐岳でほかの天狗に会ったことはないそうだが、水鶩が冬征のアパートで過ごし、留守にしている期間も長い。

こうして六花が立ち寄っている以上、よその天狗がまったく来ないとは言いきれず、実際、水鶩の留守に来ていたかもしれない。登山者が山頂に旗を立てるような真似を、天狗たちはしないのだ。

それに二十年は長すぎる。

その間には、今回のような台風も来るだろうし、荒磐岳を開発しよう、などという計画が人間の間で持ち上がらないともかぎらない。

荒磐岳はなにが起こるかわからない山だった。

「あの、六花さまがこの山に結界を張ることは……」

「できるが、できない。張った結界を維持するには、俺がこの山の大天狗にならねばならん。俺はまだ修行中の身で、大天狗になることを認めてはもらえんだろう。それに俺も、あちこちの山へ行って修行をつづけたいからな。ここにとどまるのは無理だ」

「そうですか。すみません、厚かましいことを言って」

あわよくば、と思ったが、通りすがりの六花をそこまであてにしてはいけない。冬征は恥じ入って、頭を下げた。

「お前の気持ちはわかる」

「水鷟もこのことを知ってるんでしょうか？　つまり、丸見えということを」

「どうだろうな。水鷟が言うには、五歳まではこの山にも前の大天狗が張った結界が残っていたらしいから、まったく知らんわけではないだろう。道の真ん中だとは思わず、木陰に隠れているつもりかもしれんが。水鷟がお前を拒むのは、水鷟自身の問題だぞ」

「……空木さんでしょう」

冬征は苦々しく呟いた。

水鷟の育ての親で、とうの昔に亡くなっているのに、恨んでしまいそうだ。いや、もう半分くらいは恨みに思っている。

死んでなお、水鷟のなかに生きつづけている。冬征だって、いずれは死ぬが、空木ほど水鷟の心に深く残れない気がする。

それもまた、悔しかった。

「水鴛には水鴛の事情がある。水鴛はお前に甘いからな。暴走して水鴛を押しきらないように、自制しろ。浅慮は互いの首を絞めると覚えておけよ」

「……はい」

無力さに打ちのめされながら、冬征は頷いた。

人間と天狗が愛し合い、寄り添い合って生きる。簡単なことではないと思っていたが、これほどまでに困難だとは。

「水鴛の木の実採りを手伝ってくる」

落ちこむ冬征を見ていられなくなったのか、気を使って一人にしてくれたのか、六花はそう言って、また小屋を出ていった。

「うまくいかないもんだなぁ……」

背中を丸め、やるせない声で冬征は呟いた。

人間の冬征にできることが、なにもない。

それでも、水鴛を手に入れるのを諦めたくなかった。

## 6

「そろそろ、アパートに帰れ」

荒磐岳に居座る冬征に、水篶はそう言った。

すでに、台風が過ぎてから三日が経っている。崖が崩落しかけたのが嘘のように、荒磐岳は穏やかさを取り戻していた。

梅雨が明けて天候が落ち着くまでは安心できないけれど、今のところ、晴れ渡った空は青く、大雨や台風が再来しそうな気配はない。

「明日の夜に帰るよ。食糧も持ってきてるし」

冬征は小屋の隅に置いてあるザックを指で示した。

カセットコンロやコッヘル、カップ麵にレトルト食品、着替え、布団代わりのアルミシートなど、山で過ごすために必要なものがつまっている。麓に置いてある車までこれを取りに一緒に戻ったとき、同じようなザックがあとふたつ積んであったのを、水篶は見た。

水篶を見つけるまで捜しつづけるという、冬征の決意の表れである。

六花が通りかからず、水篶が本当に倒れて瀕死の状態になっていたら、冬征には見つけられなかっただろう。さらなる崩壊の恐れがある危険な山で、遭難していたかもしれない。

別々の場所で命を落とす、などということがなくて、本当によかった。

「明日の夜って、日曜じゃないか。月曜から仕事だろう。帰るのも時間がかかるし、早めにここを出て、家で休んだらどうだ」

水篶は冬征の身体のことを考えた、現実的な提案をした。

「休まなきゃいけないほど、疲れてないよ。むしろ、元気がありあまってるんだ。久しぶりの荒磐岳なんだから、ぎりぎりまでいたい」

「……」

「御山はやっぱり、落ち着くね。天気もいいし、散歩に行こうよ」

そう言って差しだされた手を、水篶はじっと見た。

冬征をどうするべきか、答えはまだ出ていない。

冬征のほうも、転成に失敗してもいいから伴侶にしてくれと迫ってくることはなく、その話題すら出さなかった。

六花が冬征に猶予を確認したときには、一ヶ月だと煮つまった様子で答えたそうだが、水篶にはなにも言わず、ただ精液を飲ませてくれる。遠慮しても、自慰で準備をされてしまえば、本能に負けてむしゃぶりついてしまう。

精を啜ったあとは、ひどく気まずかった。

「ほら、行こう」

だらりと下げられたまま動かない水篶の手を、冬征の手が迎えに来た。

手を引かれて、二人で歩きだす。

山頂に向かう途中で、六花の仮住まいである小屋の前を通った。最初の夜、六花は水篶たちと同じ小屋で休んでいたのだが、六花がいると、水篶が冬征の精液を飲めないことに気づき、新しく小屋を建てて出ていった。

人間に興味があるらしく、夜以外は冬征の話を聞きたがり、冬征が持ちこんだ食糧や道具にも興味津々だった。

六花が去らずに、この山にいてくれることで、水篶と冬征も落ち着いていると言える。

六花の小屋の戸は開いていて、なかは無人だった。

「御山を探検してるのかな」

冬征が呟いた。

六花は好奇心旺盛で、一瞬たりともじっとしていない天狗である。次の修行先に行かねばならないのに、とどまっていてくれるのは、きっと水篶と冬征の行く末を心配してのことに違いない。

「修行をしているかも。断崖絶壁から流れる滝を気に入られたそうで、ぜひとも登りたいとおっしゃっていたから」

荒磐岳唯一の滝を見つけたときの六花のはしゃぎっぷりを思い出して、水篶は言った。

まだ荒磐岳に天狗たちが棲んでいたころ、その直瀑《ちょくばく》の滝で天狗たちは修行を積んだと、空木に聞いたことがある。

冬征は妙な顔をしていた。

「……登るの？　滝って登るもの？　滝に打たれるんじゃなくて？」

「滝は登るものだ。精神統一するのに打たれることもあるが、普通は登る」

「水鴛も登れる？」

「……俺は登れない」

水鴛はぶっきらぼうに言った。

空木がいるときは、毎日修行をさせられたが、登ること叶《かな》わず、空木の死後も一人で頑張ってみたが、結局登れずに諦めてしまった。

六花はおそらく、やすやすと登るのだろう。

恵まれた環境で、祝福されて生まれてきた天狗と、加護のない山で産声をあげたことさえ気づかれずに生まれた自分との違いを、いやでも思い知らされる。

劣等感に苛まれて俯いた水鴛の手を、冬征がぎゅっと握った。

「べつに、登れなくてもいいと思うよ。滝を登ったからどうなんだっていう、ね。すごいなとは思うけど、羨ましくはないし」

「気を使わなくてもいいぞ」

「いや、使ってないよ。本当に俺、滝登りはどうでもいいから」

「そ、そうか？」

「うん」

冬征は本当に、心底どうでもよさそうだった。

なんとなく明るい気持ちになって、水鷥は微笑んだ。

冬征は急勾配の道なき山道を、水鷥を引っ張って登っていく。

歩きにくそうなのに、水鷥の手を離そうとしない。二十年前は逆だった。冬征の手を水鷥が引っ張って歩いた。

人間が成長するのは早い。あっという間の二十年だった。これから先の二十年も、あっという間に過ぎるだろう。

水鷥だけが、変わらないまま。

冬征の大きく逞しくなった背中を、水鷥はせつなく見つめた。


その日の夜のことだった。

水鷥と冬征が寝ている小屋に、六花が飛びこんできた。慌てて起きて話を聞けば、麓に人間たちが来ていると言う。

「なにかをなぎ倒して山に入ってくる車の音が聞こえたから、様子を見に行った。近くの木の上から見ていたんだが、男が二人、大きなものを車から下ろしている。わりとたくさん。感じが悪いから、追い返してもいいか？」

勝手なことをする前に、水篶に許可をもらいに来たらしい。

「肝試しとか、秘境探検をしに来たのかも。ときどき、いるんです。追い返さなくても、気がすめば、帰ると思います」

水篶は消極的にそう言った。

天狗が手を出せば、それは怪奇現象となり、心霊スポットとして有名になれば、さらに人がやってくる。興味本位で山に入ってくる人間は不快だが、関わらないほうがのちのちのためだった。

しかし、冬征は難しい顔で言った。

「たぶん、違う。今は夜中の二時半だ。肝試しに大きな荷物は必要ないし、ルートもない山に、夜中から秘境探検には来ない。探検目的なら、台風のあとで地盤が緩んでることを、知らないわけはないし。怪しすぎる。見に行ったほうがいい」

冬征に急《せ》かされて、三人は現場に行くことにした。

飛べない冬征を抱えて飛ぶのは、水篶である。成長した冬征は重くて大変なのだが、六花には触れてほしくなかった。

山を下りて、六花の先導で北側の麓にまわる。

荒磐岳には一ヶ所だけ、車で百メートルほど登れる林道がある。二十一年前、ちょうど冬征の両親が荒磐岳に来る前年に、荒磐岳の所有者が木を伐って売ろうと考えたらしく、作業用の道を作ったのだ。

しかし、採算が取れないことがわかって計画は頓挫し、中途半端に整備された作業道だけが残った。

荒磐岳に入ってくる人間は、この道を利用するようになり、冬征の両親もそうした。

二年後に両親の遺体が発見され、さらにその後、神隠しに遭った子どもが見つかったことで、マスコミに騒がれて辟易《へきえき》した持ち主が、作業道の入り口に鉄製の門を作って施錠し、車両が入れないようにした。

その鉄製の門が、壊されていた。

門は古くなって錆《さ》びており、車で踏み倒されて、支柱が根元から折れている。ひしゃげた門扉は、道の端に投げ捨てられていた。

「なんてことを……」

冬征が顔をしかめて呟いた。

作業道の奥まで飛んでいくと、トラックが停《と》まっていて、二人の男が車のライトと懐中電灯の明かりを頼りに、荷台に積んだものを下ろしていた。

いや、捨てていた。

古い冷蔵庫やテレビ、壊れた自転車、タイヤなどが、ぞんざいに投げ捨てられ、山を作っている。トラックの荷台に積めるだけ積んできたのだろう。呆れるほどの量だった。

「不法投棄だ。御山に捨てに来るなんて!」

木の枝に掴まらせた冬征が、怒りを押し殺した声で言った。

エンジンの音や、重い電化製品を投げ落とす音がうるさくて、男たちには聞こえなかっただろう。

水鴛もカッとなった。水鴛の大事な御山を、ゴミ捨て場にされているのだ。捨てたものをトラックに戻して、男たちを懲らしめてやる、そう思い、飛びだしかけた水鴛の腕を、冬征が掴んで止めた。

「待って」

「なんでだ! こんなの、許せない!」

水鴛は叫んだ。

「仕返しなら、俺も手伝うぞ!」

隣の木に止まった六花も、そう言った。

「少しだけ、待って。ここで仕返ししても、解決しない。人間のことは俺に任せて」

冬征の顔を見て、水鴛はしぶしぶ広げかけた翼をたたんだ。

天狗の声は下の男たちには聞こえないから、気配を消して、声を潜めているのは冬征だけである。

荷台が空になると、男たちはタバコを吸い始めた。

「ゴミ捨て場にいいところがあるって、社長に言ったの、金村《かねむら》さんでしょ。こんなとこ、よく知ってましたね」

若いほうの男が、髭《ひげ》面の年輩の男に話しかけている。

「昔、神隠しだなんだって騒がれたときに、見に来たことがあるんだよ」

「神隠し？　なんスか、それ」

「お前の年じゃ、知らねぇか。二十年ほど前に、どっかの若い夫婦がこの山で首吊って心中したのよ。夫婦には五歳の子どもがいたが、行方不明でな。捜しても見つからないし、親に道連れにされて、どこかで死んでるだろうと言われてた。それがあるとき、ひょっこり出てきたんだと」

「どこに？」

「この山に」

「かくれんぼでもしてたんスかね」

「こんな山だから、夫婦の遺体が見つかったのは心中の二年後だ。二年もかくれんぼする子どもはいねぇだろ」

えーっ、という若者の素っ頓狂な声が響いた。

「でも、親が誰かに預けてたとか。そいつが子どもの面倒を見きれなくなって、山に捨てたんじゃないスか？」

「真相はそんなとこじゃねぇかと俺も思った。ただ、その誰かってのが、天狗じゃねぇかって噂《うわさ》があってな」

「天狗？　天狗って、鼻の長い天狗っスか」

「鼻の短い天狗がいるのかよ」

「いや、知りませんけど。この山に天狗がいるってことっスか？　こんなもん捨てて、俺ら、恨まれたりしませんかね？」

「アホか。天狗なんかいるわけねぇだろ。くだんねぇこと言ってねぇで帰るぞ、達也《たつや》」

「へい」

二人がトラックに乗りこむのを待って、冬征が言った。

「水篶、あの車を尾行して、どこに帰るか調べてきてくれ。回収業者がわかれば、警察に通報する」

「わかった！」

「そんなことをしなくても、やつらが捨てたもの全部、俺があの車に戻してやる。天狗は存在するってことを、思い知らせてやらねば」

六花の神通力が膨らみ、廃棄物がガシャガシャ音をたてて浮き上がり始めた。

「待ってください！　それはまずいです！」

鳥に変化しかけていた水篶はぎょっとし、天狗に戻って慌てて止めた。そんなことをしたら、人間界は大変な騒ぎになってしまう。

マスコミや野次馬たちがやってきて、荒磐岳が好奇の目に曝《さら》されるのは、水篶が一番いやなことだった。

「脅かすのもひとつの手ですが、警察沙汰《ざた》にして合法的につぶしておきたいんです。ああいう手合いは荒磐岳が駄目だとわかったら、また違う山を見つけて捨てに行くでしょう。大本を絶っておかないと、イタチごっこになりますから」

「違う山だと！　どうしても山を汚したいのか！」

冬征の説明を聞いた六花は、さらに怒ったようで、目も髪も逆立てて吐き捨てるように叫んだ。

水篶も怒っているが、御山の麓に山積みにされた廃品を見ていると、怒りよりも悲しみが湧いた。

人間たちはなぜ、山を汚すのだろう。

なぜ、こんなものを平然と捨てていけるのだろう。

荒れ狂う台風から、やっと御山を守れたところなのに。

「天狗の罰を受けさせる前に、人間の法律で罰してもらいます。水鶩、行ける？」

「いや、俺が行く。じっとしてはおれん。尾行は得意だから、心配するな」

水鶩が頷く前に、六花が翼を羽ばたかせた。天狗の姿のまま、トラックが走っていった方向へ弾丸のように飛んでいく。

「お、俺も行ってくる！」

水鶩は急いで烏に変化し、六花のあとを追いかけた。

心配するなと言うほうが無理である。

六花は明らかに人間慣れしておらず、怒りに駆られたままの状態で人間界に解き放ったら、なにをするかわからない。

烏の水鶩は颪に乗り、全速力で飛んだ。

六花にはすぐに追いついた。

傍らを飛ぶ水鶩を見つけた六花は、変化すればいいことに思い至ったらしく、飛びながら、やはり烏に化けた。

トラックは峠を越えて国道を走り、やがて高速道路に乗った。

かなり速度を上げていて、烏の姿で追うのは厳しかったが、水鶩は必死になって食らいついた。水鶩の大事な御山を汚す人間は絶対に許さない、その一念である。

夜が明けてきたころ、トラックは高速道路を下りた。

市道を走ること三十分、ようやく駐車場に滑りこんで、停車した。同じようなトラックが数台、並んでいる。

隣には二階建ての建物があり、「大堂《だいどう》興産」と看板が掲がっていた。

二羽の鳥に尾行されているとも知らず、金村と呼ばれた髭面の男と、達也と呼ばれた若い男がトラックから降りてきて、その建物に入っていった。

水鷲と六花が荒磐岳に戻ってからの冬征の行動は早かった。

警察にはその日のうちに通報し、不法投棄等を扱う市の対策課は、日曜が休みのため、翌日の月曜まで待って、連絡を入れた。

有給休暇を取ったあとの休み明けなので、さすがに会社は休めず、昼休みを利用して電話で説明した。

冬征が荒磐岳の麓を車で走っていたところ、トラックが作業道の門扉を踏み倒して入ってきたのに気がついた。時刻は夜中の二時半。

停車し、こっそり近づいて様子を窺っていると、トラックから二人組の男が降りてきて、荷台に積んであったゴミを捨てていった。そのときに漏れ聞いた会話から、男たちが大堂興産の金村と達也なる従業員だとわかった。

このように、多少の脚色を加え、トラックの車体の特徴とナンバーも言い添えた。警察も、市の対策課も、応対した担当者は冬征の話を丁寧に聞いてくれ、すぐにでも捜査を開始してくれそうな感じだった。

大堂興産に罰則が与えられることを期待しつつ、月曜から金曜まで冬征は仕事に行き、金曜の夜から、水鷲と六花がとどまっている荒磐岳に車で向かった。

冬征が車を停めるのは、不法投棄に使われた北側の作業道ではなく、東側の空き地である。ちょうど、林道の奥に車一台分ほどのスペースがあって、木の枝葉にボンネットを突っこむようにして置けば、目立たなくなる。

冬征が到着したことに、天狗の感覚で気がついたのか、それとも待っていたのか、車から降りると同時に水鷲が飛んできた。

「水鷲！」

冬征は水鷲に駆け寄った。翼を避けて腕をまわし、力いっぱい抱き締める。

水鷲が同じ力で抱き返してくれたことはないが、冬征の腰のあたりにそっと両手を添えてくれるだけでも嬉しい。

髪に頬擦りしたり、匂いを嗅いだり、背中を撫でまわしたり、五日ぶりの水鷲をじっくりと味わう。

いつもは冬征の好きにさせてくれる水鷲が、途中で冬征の胸に手を当てて押し返した。

「おい、どうなってる？　まだか？　まだ捕まらないのか、あいつらは」

いい報告を期待している水篶の瞳《め》を見るのが、つらかった。

「……まだだと思う。俺は単なる通報者だから、警察も捜査状況をいちいち教えてはくれないんだ。俺だって気になるけど、毎日毎日電話して訊ねたら、俺のほうが怪しく思われてしまう。折を見て、訊いてみるよ。ゴミはまだ、そのまま？」

水篶は不愉快極まりない顔で頷いた。

「残ってる。お前が通報した翌日には、警察が来て現場を見たんだ。でも、持って帰らなかったし、誰も取りに来ない。早く、なんとかしてほしい。できないなら、俺と六花さまでなんとかする」

「それは駄目だ。天狗の力を使うのは、待ってくれ」

「お前がそう言うから、もう五日も待ってる」

「水篶が怒る気持ちはよくわかる。俺も同じ思いだけど、こういう捜査は裏づけを取ったり証拠を摑んだり、なにかと時間がかかるんだよ、たぶん」

「あと、どのくらい待てばいい？」

「……」

冬征は答えられなかった。

人間の犯罪は、人間が裁く。

冬征がそう言い、警察がなんらかの罰則を与えてくれると信じているから、水篶と六花は天狗流の仕返しを思いとどまっているのだ。

ゴミの撤去をいつ、誰がしてくれるかは、冬征にもわからなかった。

私有地に投棄されたゴミの撤去は投棄者がすることで、市では処理できないことになっている。

冬征が自腹を切って、べつの業者に撤去を頼むこともできなかった。たとえ不法投棄されたゴミでも、人の家の敷地内にあるものを勝手に処分することは許されない。

大堂興産を告訴し、大堂興産が投棄したゴミの処理をしなかった場合、ゴミを撤去して、その費用を大堂興産に請求することができるのは、荒磐岳の所有者だけである。

荒磐岳の所有者を、冬征は知っていた。

名は木下秀雄《きのしたひでお》。

昔からこのあたりに住んでいて、代々相続してきたが、秀雄氏の父親の代で、大阪《おおさか》に移住することになり、家を売って引っ越した。荒磐岳も売りに出したものの、価格の折り合いがつかず、売れなかったという。

やがて代替わりし、大阪に住みながら、長野《ながの》の荒磐岳を相続した秀雄氏は、山に生えている木を売ろうとしたり、その計画が頓挫すると、山ごと売ろうとしたり、とにかく金儲《かねもう》けがしたくて父親以上に頑張った。

しかし、台風が来れば被害甚大なこの山は、手入れに金と手間がかかると敬遠され、買い手がつかないまま、冬征の両親の心中死体が見つかり、行方不明だった冬征が現れたことで神隠しの山と騒がれ、さらに売れなくなってしまった。

腹を立てた秀雄氏は、その怒りを冬征の祖父母に向けた。

どのようにして調べたのか、いきなり祖父母の家に電話をかけてきてお前たちの責任だと怒鳴ったり、損害賠償金を請求するという私文書が書留で届いたりした。

娘夫婦が迷惑をかけたのは事実なので、祖父母は秀雄氏にいくらかの金を渡したようだった。それは、作業道を封鎖する門扉の資金になったのかもしれない。

金を渡す際の条件だったらしく、以降、秀雄氏からの接触はなくなった。

祖父母は、まだ幼い冬征にはこのことを隠そうとしていたが、ひとつ屋根の下で暮らしていれば、なんとなく察せられてしまった。

大学生になった冬征が、荒磐岳の売買条件を調べてみたところ、秀雄氏の希望の売値は一億円だった。森林組合などは通さず、個人で売るつもりのようだったが、かなり強気な価格設定である。

買い取れるなら買い取りたいと思っていた冬征も、諦めざるを得なかった。

秀雄氏は大阪に住んでいて、荒磐岳に来ることはなく、この値段ならほかの買い手もつかないだろうから、現状維持という点で、安心と言えば安心できたのだった。

「今回の不法投棄の件、木下さんにも警察から連絡はあったはずだ」

「木下って、人間界での御山の持ち主か」

「そう。作業道の門は根元から壊されて外されてるし、木下さんが怒って被害届を出すなりしてくれれば、警察も捜査に力を入れてくれるだろう。大堂興産に与える罰則も大きくなると思うんだけどね」

冬征は所詮《しょせん》、不法投棄現場を目撃しただけの部外者に過ぎず、所有者である秀雄氏が持つ攻撃性に期待するしかなかった。

合法的につぶしたいと大きなことを言いながら、結局のところ、事件の先行きは冬征にも見えない。

「ごめんね、水鶩。あんまり役に立たなくて」

どうにもしてやれない、己の無力さが情けなくて、冬征は謝った。

木下家がいつの時代から荒磐岳を所有することになったのか知らないが、そんなことは天狗たちには関係ない。

天狗たちは、それよりももっと昔から荒磐岳に棲んでいたのだ。死ぬことも覚悟のうえで神通力を使い、御山と近くに住む人間たちを守ってきた。

書面で権利を主張し、金儲けに山を使おうとする人間が、天狗たちの目にどのように映っているのか、考えると恥ずかしかった。

水篶は気を落ち着かせるように深呼吸し、ゆるゆると首を振って、冬征に言った。

「いや、お前はちゃんとやってくれてる。謝ることはない。お前と一緒に暮らして、人間社会のことが、俺にもわかるようになった。人間に腹を立てても、天狗が仕返しをしたら大騒ぎになる。わかってる」

「水篶……」

「でも、大事な御山を汚されて、なにもできずにじっとしてるのがつらい……」

それは冬征も同じことだ。

警察の捜査が進むのを、ただ待っているだけでなにもできない。冬征はいかなる権利をも持っていない。

理不尽な思いを抱えて、二人はしばらく抱き合っていた。

# 7

水鷲は六花とともに、大堂興産の事務所に来ていた。

事務所内にいるのは、女性が二人と五十代の男性が一人、その男は金村ではなかった。

最初は烏の姿で窓の外から様子を窺っていた水鷲と六花だが、五十代男性が無垢なる男子である可能性はかぎりなくゼロに近いと判断し、まずは六花が天狗の姿で堂々となかに入っていった。

女性たちは昨日のテレビドラマの話で盛り上がり、六花が目の前に立ち、「おい」と言っても、男はパソコンの画面を見たままだった。

それを見て、水鷲も天狗に戻り、開いている窓からなかに入った。

不法投棄から二十日ほど経っても、事態はなんの進展も見せなかった。ゴミは依然として荒磐岳に残っている。

痺《しび》れを切らして、大堂興産に出向くと言ったのは、水鷲のほうだった。

冬征が何度か警察に問い合わせたそうだが、捜査中だと言われるばかりで、詳しいことは教えてもらえなかった。

さらに、感じの悪い警察官から、

「朝倉さん、あなたねぇ、不法投棄を目撃したとき、ちょうどドライブをしてたと言ってたけど、荒磐岳の麓はぐるりと一周まわって通り抜けられる道はないんだよね。どこかでUターンして戻らないといけない。車道も整備されていない。そんなところを深夜にドライブって、なんの目的で？　住んでるところからは離れてるし、何時間もかけて荒磐岳に来て、なにか理由があるのかな。……本当にドライブに行ったのか、正直に答えてくれる？」

などと、信じがたい侮辱を受けたという。

冬征が大堂興産を陥れるために、でっち上げの通報をしたのではないかと、疑われているも同然である。

深夜で見づらいはずなのに、トラックの車体の特徴やナンバーを詳しく言えたこと、さほど近くに潜んでいたとも思えないのに、金村と達也なる男たちの会話をよく聞き取っていて、通報内容が整いすぎていることが、却っておかしく思われたようだった。

こういう展開もありうる、と予想していたらしく、冬征はカチンときつつも冷静に用意していた理由を述べた。

「犯罪を目撃しているんだから、車のナンバーや犯人たちを詳しく知ろうとするのは当然でしょう。それにぼくは林業作業士なので、荒れている山の様子が気になるんです。荒磐岳はもう何年も手入れがされていないようで、麓から見ただけでも、折れてしまった木や倒木が多いのがわかります。あの日は大型の台風が去ったあとで、とくに気になったんです」

金曜の夜に準備をして、二十二時ごろにアパートを出発すれば、深夜に到着する。麓に車を停めて、朝まで仮眠し、日が昇ってから山の様子を見るつもりだった。もちろん、私有地だということはわかっているので、麓から見るだけで山には入っていない。

そう説明すると、警察官は、本当に山に入っていないのか、完全に疑う口調で何度も確認したらしい。

不法侵入していたことがわかれば、そこを突いてやりこめてやろう、という雰囲気をひしひしと感じた冬征は、用心して、先日の週末には荒磐岳に来なかった。

冬征が来なければ、水鶩が心配してアパートに戻ってくる。

それを待っていた冬征から、水鶩はこの話を聞いたのだった。

「お前が悪者になってるのか？　なんで？」

水鶩には考えもつかない展開になっていて、唖然として訊くと、冬征は苛立ちと不安の入り混じった顔で、頭をがりがりと掻いた。

「わからない。なにかがおかしい。もしかしたら、証拠不十分で大堂興産側が罪を認めなくて、通報者の俺が嘘の証言をしたと主張しているのかもしれない。嘘をでっち上げて大堂興産を陥れなきゃならない理由なんて、俺にはなにもないけど、俺のことを調べられたら、荒磐岳で神隠しにあった子どもだとすぐにわかると思う。いや、もう調べがついてるかも」

「わかったら、どうなんだ？」

冬征は言いにくそうに、目を伏せた。

「色眼鏡《いろめがね》で見られるってこと。神隠しに遭った子どもだから、普通じゃないとか、見てないものを見たと言い張ってるとか、荒磐岳に取り憑《つ》かれてるとか、そういうような見られ方をして、俺の証言に信憑性《しんぴょうせい》がなくなるってことだよ」

「お前が神隠しに遭ったことなんか、なんの関係もないじゃないか！」

水篶は怒って、そう叫んだ。

厳密に言えば、冬征の二年間の行方不明は神隠しではない。荒磐岳の山頂付近で、普通に水篶と暮らしていただけだ。

時間の流れも変わらない。食べ物だって、人間が食べるものを苦心して用意した。人間の足では捜しに来られない場所にいたが、両親の遺体が見つかるまで誰も捜しに来なかったのも事実だ。

冬征はいつだって荒磐岳に、人間の世界にいたのに。

「それはそうだけど、偏見を持って見てしまう人の気持ちは変えられない。そういうの、子どものころから慣れてるし、俺は気にしてない。ただ、俺では荒磐岳を守れないかもしれないことが、水篶に申し訳なくて……」

「そんなこと言うな！」

慣れている、という言葉が水篶の胸に突き刺さった。

冬征を神隠しに遭った子どもにしたのは、水鷟だった。

水鷟の考えが足りなかったのだ。

両親が自殺し、誰もいないはずの山で五歳の子どもが二年も生き延びる。それが、どういうことなのか、なにも考えていなかった。

考えたのは、冬征の幸福についてだった。

祖父母のもとに戻せば、そこから冬征は幸せな人生を送れるのだとばかり思っていた。

冬征が奇異の目で見られ、仲間外れにされるなんて思いもしなかった。

水鷟さえいればいいと、冬征は子どものときから人間のなかで孤立したり、苛められたりすることに無頓着だったが、それが大人になった今でも弊害として残るとは。

ゴミを捨てに来た夜、金村が達也に話していたように、この話は真実を知らない人々によって、憶測を交えたまま延々と語り継がれていくのだろうか。

冬征のあずかり知らぬところで無責任に広まり、空白の二年があるというだけで理不尽な不利をこうむるのだとしたら、あまりにも冬征が可哀想だ。

だが、今さらどうしようもなかった。

二十年前に戻ってやりなおすことも、冬征を天狗に転成させることもできない。

こんなことになるから、人間には関わってはいけないと、空木は何度も水鷟に言い聞かせたのだ。

今になってようやく、自分の愚かさが骨身に沁みた。一度きりの冬征の人生に、取り返しのつかないことをしてしまった。

これ以上、冬征を巻きこんではいけない。

水篶は遅まきながら、そう決心した。

「……俺のほうこそ、ごめん。俺が全部悪かった。御山のことは俺がなんとかするから、お前はもう関わるな」

「え、ちょっと待って、水篶」

「大丈夫、神通力は使わないようにする」

「水篶！」

引き止めようとする冬征を振りきって、水篶は荒磐岳に帰った。

警察はもう信用できない。大堂興産の連中に捨てたゴミを持ち帰らせ、二度と同じ過ちを繰り返さないよう懲らしめてやるには、どうすればいいか。

水篶一人の頭では、名案は浮かばなかった。

とりあえず、大堂興産に乗りこんでみようと、水篶は考えた。行き当たりばったりでも、荒磐岳でくすぶっているよりはましだ。

一人でやるつもりだったが、六花に簡単に事情を説明すると、一緒についてきてくれることになった。

山を汚されて、天狗として義憤に駆られているのか、水篶一人だと頼りないと思っているのかはわからない。おそらく両方だろうが、六花の存在は心強かった。


「とりあえず、不法投棄の証拠を摑もうと思います」

大堂興産の事務所に入りこんだ水篶は、六花にそう言った。

証拠を届ける先は、警察でなくてもいい。新聞社など、不法投棄が行われていることに気づいて糾弾してくれるところなら、どこでもいいのだ。

冬征と暮らしていたおかげで、人間的な思考ができるようになっている。

水篶は意気揚々と取り組んだが、そのような証拠は、水篶たちが見られるところに、不用意に転がってはいない。

従業員たちも、荒磐岳に不法投棄をした話はいっさいしなかった。

早速行きづまり、水篶と六花が困り果てたとき、事務所の隣の部屋から、四十代くらいの男が出てきた。

「どうやら、あれが主のようだな」

六花が言った。

主ではなく社長という肩書だが、たいして意味合いは変わらない。

大堂興産の社長、大堂宗之《むねゆき》を一目見た瞬間、水篶は嫌悪感を抱いた。顔立ちや身なりは整っているのに、品性の下劣さが表情に表れている。

大堂はトイレに行って、また社長室に戻った。

水篶と六花も、大堂の影のようにぴたりと張りついて、一緒に入った。

天狗たちが室内を歩きまわっていることに気づかず、大堂は椅子に座り、大きく伸びをしながら欠伸《あくび》をした。

その太平楽な態度に、水篶は苛立った。この男が不法投棄を指示したのかと思うと、椅子を蹴って、転がしてやりたくなる。

いや、転がしてやるくらい、いいのではないか。ここなら、誰も見ていない。

水篶が大堂に向かって一歩踏みだしたとき、携帯電話の着信音が鳴った。もちろん、大堂の携帯電話である。

水篶も六花も、相手の声を聞き取ろうと耳を澄ませた。

『大堂さん？　木下です。荒磐岳の』

電話をかけてきたのが木下秀雄だとわかり、水篶は身を乗りだした。

大堂興産に対する、苦情の電話に違いない。荒磐岳を綺麗にしろ、ゴミを早く撤去しろ、と怒ってがなりたてるのを期待したが、携帯から漏れ聞こえる木下の声は、むしろ機嫌がよさそうだった。

以前にも話したことがあるのか、大堂のほうも愛想よく、先日はどうも、などと言っている。

「……ええ、作業道の門は、新しく設置させてもらいます。門の鍵は設置後、そちらに送らせていただきますので」

どうやら、大堂側が壊した門を弁償するらしい。

つまり、大堂は不法投棄したことを、木下に対して認めているのだ。水篶と六花は思わず顔を見合わせた。

『作業道の奥をもう少し進んだら、窪地《くぼち》がある。そこなら、ゴミを捨てても外からは見えへん。木が邪魔になったら、伐《き》ってもらってもええ。その代わり……』

「わかってます。先日の取り決めのとおり、月々の使用料は振りこませてもらいます」

関西弁で話す木下は、電話の向こうでいやらしい含み笑いをした。

『売れる山でもなし、金になる方法で使いたいわしには、願ったり叶ったりや。けど、あんたんとこは警察に目ぇつけられとるのとちゃうんか』

「担当の警察官には、理解してもらってますよ。手厚く接待した際に、うちが投棄したのでないことは説明しましたので。通報者が昔、荒磐岳で神隠しに遭った少年だったとは驚きましたがね。警察官の話では、ドライブしていて偶然見つけたと言ってましたが、そんなわけはない。たびたび、あの山に入ってるんじゃないですか」

『それやったら、逆にわしが不法侵入で訴えたるわ』

木下と大堂はひそやかに笑い合った。

「あの男、本当に神隠しに遭ったんでしょうかね」

『二年間、行方不明やったのは確かや。その間の記憶もないらしい。荒磐岳は天狗の棲む山やて言い伝えがあるから、誰かが神隠しやと言い始めて、それが一気に広まった。ほんまかどうかは、本人にしかわからんやろな』

「木下さんは信じてるんですか?」

『神隠しのことかいな? 信じるわけないやろ』

木下は豪快に笑い飛ばし、使用料の支払いについて念を押してから、通話を切った。

「……チッ、業突く張りのじじいが!」

携帯電話をデスクの上に置いた大堂は、愛想よく受け答えしていた顔を嫌悪で歪ませ、吐き捨てるように言った。

水篶は呆然と立ち尽くしていた。

大堂と木下は密かに契約を結び、警察までも金で取りこんで、荒磐岳を本格的にゴミの山にしようとしているのだ。

水篶の大事な御山を。

大天狗さまや空木、水篶が命がけで守ってきた御山を。

それに、水篶のために荒磐岳とアパートを何度も往復し、仕事の合間に電話をするなど協力してくれている冬征をおもしろおかしく噂して嘲笑《あざわら》い、挙句の果てには訴えるだなんて。

「許さない……！　そんなこと、絶対に許さない！」

怒りで水篶の神通力が膨れ上がり、弾けた。

ドンという音とともに事務所が揺れて、大堂が椅子から転げ落ちた。

「うわっ！　なんだ、地震か……！」

大堂は床に這いつくばり、デスクの下に頭を突っこんだ。

「待て、水篶！　落ち着け！」

「……っ！」

六花に腕を掴まれて、水篶はすぐさま我に返った。

蹲る大堂の横で椅子が倒れて転がり、棚のフレームが歪んで、収められていたファイル類が床に散乱している。部屋の隅に飾られていた観葉植物の鉢も倒れて、枝が裂けていた。

こんなふうに制御できないまま神通力が弾けたのは、初めてだった。

「ここを出るぞ」

大堂が混乱している隙に、六花はショックを受けている水篶を連れて、部屋の外へ出た。

水篶の起こした局地的な地震は、社長室のみを襲ったようで、事務所内の社員たちは何事もなかったかのように、普通に仕事をしている。

社長室から出てきた大堂は、きっと驚くだろう。大堂の話を聞き、社長室の惨状を見た社員たちも驚くに違いない。

「ど、どうしよう。俺、こんなこと……」

蒼褪《あおざ》める水篶に、六花が言った。

「大丈夫だ。怪我をさせたわけじゃない。荒磐岳を汚す計画をしていた直後にこれを食らったあの男が、天狗の天罰だと怯えて、計画を思いとどまったら儲けものだ」

「思いとどまらなかったら？」

「……」

六花は険しい顔で黙りこんだ。

余震の心配がないとわかった大堂が、壁に手をつきながらよろよろと事務所に入ってきて、口をあんぐり開けている。

「社長、どうなさったんですか？」

気づいた女性がさっと、大堂のほうに駆け寄った。

地震があったのなかったのと言い合っている声を背に、水篶は六花に促され、荒磐岳に帰ることにした。

夕暮れの空を、本物の烏に交じって飛ぶ。衝動的に神通力を使ったせいか、なんだか翼が重かった。

考えることはたくさんあったが、思い浮かぶのは冬征の顔だった。

冬征のところに寄って、荒磐岳には当分来るなと念を押しておくべきかもしれない。関わるなと言ってあるが、それで納得するような性格ではない。

水篶を心配して、次の週末には絶対に来るだろう。

しかし、来るなと何度も念を押せば、勘のいい冬征はなにかがあったと気づくに決まっている。

水篶は冬征を止めるすべを知らない。巻きこみたくないのに、安全な場所で平和に暮らしていてほしいのに、うまくいかない。

夕日が沈んで薄暗くなったころに、水篶と六花は荒磐岳の山頂の小屋についた。

疲れて、床に座りこんだ水篶に、六花が言った。

「俺は今から不動山に行って、ととさまに意見を訊いてこようと思う」

「……」

水篶はぼんやりと六花を見上げた。

「これは、俺とお前が勝手に判断して動いていい問題ではない。山を汚されて怒らない天狗はいない。今回の件は、荒磐岳にかぎった話ではない。ととさまは大天狗となられて二百年以上、不動山を治めてこられた。驕《おご》り高ぶった人間たちにどのように対処すればいいか、きっとよい知恵を持っておられるだろう」

「大天狗さまなら、人間には関わるなとおっしゃられるのでは」

他山の天狗が、それも六花を生みだしたほどの神通力を持つ偉大な大天狗が、荒磐岳のような小さな山を親身になって心配してくれるとは思えず、水篶はつい、そう言った。

六花は水篶の肩をぽんと叩いた。

「人間のほうから関わってくるのだから、仕方あるまい。ととさまには俺がうまいこと言うし、決して悪いようにはしないから、俺が戻るまで勝手なことはするな。もし、新たにゴミを捨てに来ても、なにもするなよ」

「黙って見ていろと?」

「そうだ。神通力を使ってはならん。今日のこともあるし、騒ぎが大きくなれば、ますますお前の手に負えなくなる」

「……」

「わかったな。不動山は遠いが、できるだけ早く戻るゆえ、くれぐれも辛抱してくれ」

「……わかりました」

六花の真摯な態度に押されて、水篶は頷いた。

心から納得したわけではないけれど、今は議論する元気もなかった。

ゴミを捨てに来る連中には、天罰を与えて御山の怒りを見せ、もう二度と愚かなことはしないと肝に銘じさせたい。

しかし、社長室に小さな地震を起こしただけで、こんなに疲れてしまう水鴐に、再犯を断念させるほどの厳しい仕置きができるとは思えない。

六花を見送り、水鴐は床にごろんと転がった。

もっと力が欲しかった。荒磐岳を守り、冬征を伴侶に転成させられる大きな力が。

それが叶わないなら、人間になりたかった。冬征と同じに生き物になって、仲よく老いて死にたい。

冬征とキスがしたい。裸になって抱き合いたい。冬征が水鴐にしたいと思っていることすべて、させてやりたい。

冬征の望みは、水鴐の望みでもある。

人間になりたいと考えたら、やりたいことがどんどん思い浮かんできて、水鴐は妄想に耽《ふけ》りながらうつらうつらし、いつしか眠っていた。


耳障りな音がした。

御山の裾のほうが震えている。

ハッとなって、水鴐は飛び起きた。前回は六花に起こされて気づいたが、大堂興産のトラックの音を覚えていた水鴐の感覚は、即座に異変を感じ取っていた。

水篶は小屋を出て、作業道のある麓へ下りていった。

前回よりも大型のトラックが奥まった場所で停車し、またしても金村と達也がゴミを捨てていた。

昼間の大堂との電話で木下が言っていたように、斜面の下の窪地に投げ落としている。

この窪地がゴミで埋まってしまうまで、こいつらは捨てに来るのだ。ここが埋まれば、またべつの場所を探す。

そうしてもいいと、荒磐岳の持ち主が言ったから。

ゴミが次々に投げ落とされるのを、水篶は木の枝に鳥のように止まって見ていた。なにもするなと、六花に言われている。

「……っ」

怒りと悔しさで胸が痛み、瞼《まぶた》の裏が赤くなるのを感じる。

大天狗の意見を訊いてきた六花が荒磐岳に戻ってくるのは、早くとも数日後だろう。

しかし、人間に関わってはならないと説く大天狗が、今こそ逆襲のときだ、天狗族の狼煙《のろし》を上げろ、などとは言うまい。

結局、水篶は耐えるしかないのではないか。人間にとって、天狗は存在しない空気のようなものだから、どんな権利も主張できない。

天狗の怒りを、人間にわからせてやる方法がない。

捨てられたゴミをすべて、大堂興産の社長室につめこんでやりたかった。そこに、木下も放りこんでやりたい。

「人間どもめ……！」

水鷲は憎しみをこめた瞳で金村と達也を睨み、軋《きし》むほどに奥歯を噛んだ。

二人がかりで荷台から下ろした、大型のガラスのショーケースのようなものが、最後は面倒くさそうに蹴り落とされた。重量があるせいか、窪地の底まで落ちる前に、斜面で引っかかって止まっている。

その、ぞんざいな扱いにも腹が立った。なにもかもが醜く、汚らしい。

作業を終えた金村と達也はそれぞれ、タバコを銜えて一服した。

「今日は神隠しの兄ちゃんは来てねぇだろうな」

暗がりで見えるわけもないのに、金村が周囲を見まわすふりをすると、釣られて、達也もきょろきょろ首を振った。

「びっくりでしたよね。あの日、誰かに見られてたなんて、全然気がつかなかったっスよ。警察が取り調べに来たときは俺も逮捕されんのかと思ってビビッたけど、案外大丈夫なもんスね」

「社長が接待尽くしで丸めこんだからな。コネを使って警察のＯＢにも手をまわして、通報そのものを揉み消したんだってよ」

「こわっ！　警察なんか、信じらんないスね！」

「それにしても、神隠しの兄ちゃんはなにをしに、あんな時間にここへ来てたんだろうな。荒れた山が心配で、とかなんとか警察には言ってたらしいが、夜中に来てそんなもん見ねぇだろ。案外、あの兄ちゃんも、なんか悪さをしに来てたのかもな」

「おおーっ！　鋭いっスね、金村さん」

達也がはしゃいだ声を出した。

水篶の全身を、火のような怒りが貫いた。

冬征を悪く言われることだけは、なにがあっても許せない。用がすんだなら、さっさと帰ればいいものを。

水篶は木から飛び下りた。翼を広げるまでもない高さである。ほんの数メートルの距離に立つ水篶に、二人はもちろん気づかない。

怒りが脳天を突き抜けて、むしろ冷静になっていた。身体のなかで、静かに神通力を練り上げていく。

水篶の神通力は弱い。昼間に大堂興産で地震を起こしてしまったから、そのぶんも目減りしている。

わずかな力も無駄にせず、丁寧に練って、限界まで高めていって、頂点で少しずつ放出していく。

水篶が念じると、斜面の途中で引っかかっていたガラスのショーケースが浮き上がった。それをトラックの荷台に投げつける。

ガシャーンと大きな音がして、ガラスが粉々に割れた。

「うわっ、なんだこれ！」

「わーっ！　こっち来たー！」

ショーケースが空を飛んでいるのを、ぽかんと見上げていた金村と達也は、悲鳴をあげてトラックから離れた。

水篶は窪地に投げ捨てられたゴミを、神通力で拾い上げては、トラックの荷台に戻した。人間のやり方を見習って、空から投げ落とす。

山積みになって、載りきらないゴミが荷台から落ちても、かまわなかった。目測を誤った電子レンジが、フロントガラスを突き破って助手席に載った。

「く……っ」

水篶は顔を歪め、歯を食いしばった。

神通力を使いすぎている。わかっていても、止められない。

金村と達也は大木の陰に隠れ、捨てたゴミが宙を舞ってトラックにぶつかるのを、唖然とした顔で見ている。その足元に自転車を投げてやったら、尻もちをついて二人で抱き合いながら絶叫した。

いい気味である。

窪地のゴミをすべて戻したかったが、水篶の神通力が先に尽きた。

浮いていたゴミが、いっせいに地面に落ちる。水篶もがくりと膝をついた。

悔しいけれど、これが限界だった。

あたり一面が、別世界のように静まり返った。かかったままだったトラックのエンジンは止まり、ライトも消えている。

いつの間にか、うっすらと夜が明けかけていて、ゴミの集中砲火を浴びたトラックの異様さが、よく見えた。

「水篶！」

聞き慣れた声がしじまに響き、水篶は重い頭を上げた。

冬征が必死の形相で、水篶のほうへ駆け寄ってくる。

「水篶、しっかりしろ！」

「……なんで、来た。お前は、来ちゃいけない、のに」

そう言いながら、水篶は冬征に抱かれるがまま、身体を預けた。指一本も動かせないくらいに、疲れていた。

視界が霞《かす》み、朦朧《もうろう》としてくる。

「水篶、しっかりしろ！」

冬征の声に被さって、甲高い悲鳴が聞こえた気がしたが、夜明けによく鳴く鳥の声だったかもしれない。

水篶の意識はそこで途切れた。


「水篶、水篶！」

力を失った水篶の身体を、冬征は小さく揺すった。

神通力を使い果たしてしまえば、不老不死の天狗も死に至る。周囲の惨状から見て、かなりの力を使ったのは明らかだ。

一刻も早く、冬征の精液を飲ませてやらねばならない。こういうことをさせたくなくて、人間の力で解決しようと警察に通報したが、無駄になってしまった。

自分の無力さを歯噛みする思いで両腕に水篶を抱き上げたとき、ひいぃ、という空気を切り裂くような悲鳴があがった。

叫んだのは達也だった。

視線を向ければ、金村と二人して木立の間に座りこんでいる。

「こ、殺される……、いやだ、やめろ……！」

涙で濡れ、くしゃくしゃになった顔で、達也は喚《わめ》いた。

「化け物め……！　神隠しに遭って、化け物になってやがった……！」

恐怖に強張った顔で、金村も冬征を罵《ののし》った。

彼らには水篶が見えないから、さっき駆けつけたばかりの冬征が、これをやったのだと勘違いしているのだ。

べつにそれでもよかったけれど、怒っているのは冬征だけではないことを、彼らには知らしめておくべきだろう。

「俺は人間だ。俺にはこんなことはできない。いいか、これはな、山の神が怒ってるんだ。荒磐岳に棲む山の神が、山を汚すお前たちに天罰を下したんだよ」

「……！」

冷静に言い返した冬征の気迫に呑まれたのか、金村は口を噤《つぐ》んだ。

達也は怯えきった様子で、祟《たた》りだ、殺されるとうわごとのように言いながら、しゃくり上げて泣いている。

冬征は嫌悪感を剝きだしにした目で二人を睨みつけると、水篶を抱えて足早にその場を去った。

# 8

とても、気持ちがよかった。

ふわふわと、雲の上にでも乗っているような心地である。甘くて、おいしいものが口のなかに溢れてきて、水篶は夢中でそれを飲みこんだ。

喉を通り、腹の底には溜まらずに、全身に沁み渡っていくのがわかる。石のように重かった身体が、ほんの少し軽くなった。

「んん……っ」

もっとそれが飲みたくて、水篶は乳を待つ赤子のように口を開けた。

熱いものが、唇にぴたっと張りついた。しっとりとして、弾力がある。知らない感触ではない。むしろ、よく知っている。

何度も味わったことがある、水篶の大好物だ。

舌を伸ばして舐め上げ、先っぽだけを口に含んでちゅうちゅう吸えば、残滓が滲みでて、喉を潤してくれる。

だが、それではやはり、もの足りない。もう一度、たっぷりと甘露を出してほしい。そのためには、これをもっと硬くしなければ。

身体の横にだらりと投げだしていた腕を持ち上げたとき、冬征の声が聞こえた。

「……すず、水鴛」

水鴛はハッとなって、目を開けた。

なにがどうなっているのか、状況がわからない。

瞬きをしても、視界が肌色でよく見えなかった。大きなもので口をふさがれていて、声も出せない。

焦って首を振れば、水鴛の目が覚めたことに気がついた冬征が、腰を引いた。

「水鴛、気がついたのか！　よかった……！」

冬征は安堵の声をあげ、飛びつくように水鴛に覆い被さってきた。

痛いほどに抱き締められながら、ようやく天井が見えて、水鴛はここが冬征のアパートであることに気がついた。荒磐岳で神通力を使いすぎて倒れた水鴛を、冬征が連れて帰ってくれたのだろう。

すっからかんになっていた身体に、神通力が少し戻って巡り始めている。

水鴛がさっき、夢うつつでしゃぶっていたのは、冬征の肉棒だったのだ。またもや、冬征に迷惑をかけてしまった。

「……ごめん」

申し訳なくて、自分が情けなくて、水鴛は謝った。

冬征はゆるく首を振り、水鴛の顔を覗きこんで微笑んだ。

「生きてるからいいよ。意識がなくても、精液を飲んでくれたし。身体はどう？　少しは元気が出た？」

「うん」

冬征を生餌のように使いたくなくて、水鴛は頷いた。

本当は元気など出ていない。この身体の重さは、少なくとも、あと三回か四回くらいは精液を飲まないと復調しそうにない。

水鴛の嘘に、冬征は一瞬たりとも騙《だま》されなかった。

「俺には嘘をつかなくていいんだよ。俺の身体が空になるまで、飲ませてあげる。大丈夫、水鴛に口でしてもらわなくても、すぐに硬くなると思う」

「……え」

冬征が身体を擦り寄せてきて、水鴛は異変に気づいた。

二人とも、服を着ていないのだ。

冬征の肌が、水鴛の肌に直接触れている。皮膚の感触が熱くて、生々しい。鼻をくすぐるのは、冬征が欲情していることを示す淫靡《いんび》な匂いだ。

「――っ！」

水鴛は声にならない悲鳴をあげた。

離れようともがいたが、まだうまく身体が動かせないうえに、上から押さえこまれていて逃げられない。水篶の脚の間に冬征の膝が割って入り、余計に密着してしまった。

滑らかな肌、その下でうねるしなやかな筋肉、硬くなった男性器。そんなものをすべて肌から直接感じ取って、水篶は震えた。

「あ……あ……」

動けば動くほど密着が深まるので、そのままの状態で固まっているしかなくなった水篶の頰に、冬征は唇を寄せて言った。

水篶は目だけを動かして、冬征を見た。

「勝手に服を脱がせて、ごめん。でも、意識のない水篶に精液を飲ませないといけなかったから。自分で扱いて出そうとしたんだけど、水篶の疲れた顔を見てると難しくて……」

つまり、性欲を高めるために、水篶の裸を使ったということだ。

そうして、冬征がなんとか頑張って放出した精液は水篶の口に入り、意識を取り戻せたのだから、文句は言えない。

だが、水篶の身体のどこをどのように見て、冬征が興奮を得たのか、気になった。

「み、見た、のか……?」

声が上擦った。

「見た。ちょっと触ったし、舐めてもみた」

「舐め……っ！　ど、どこを？」

「ここ」

そう言って冬征が指で摘《つま》んだのは、左側の乳首だった。

「あうっ」

胸の先端からぴりっとした刺激が走って、水鶯は声をあげた。

冬征の指は乳首を摘んだまま離れず、くりくりとまわしたり、上に引っ張ったり、埋めこむように押しつぶしたり、少しもじっとしていない。

「あっ、や……っ」

水鶯は眉根を寄せ、小さく喘いだ。

服越しに弄られたことは何度もあって、ここが感じるというのはなんとなくわかっていたけれど、これほどとは思わなかった。

気持ちがよかった。乳首への刺激で生じた快感が、腹で渦巻いて身体を温め、下半身へと伝い下りていく。

「水鶯が感じてる……可愛い」

冬征は低い声で囁きながら、水鶯の頬から首筋に唇を這わせた。

押しのけようとしても、乳首を嬲られると力が抜けていって、冬征のなすがままになってしまう。

陰茎がずきんと疼《うず》き、水篶は身体を捩った。性欲と食欲が入り混じってはいるが、肉体の反応は天狗も人間と変わらない。

興奮すれば勃起するし、先走りも零す。それを、冬征に触れさせてはならない。

「だめ……だめだ、冬征。離して」

「いやだ。天狗の身体に毒なんか、なかった。ずっと我慢してたんだ。水篶を可愛がって、気持ちよくしたい。水篶、好きだ……愛してる」

「……！」

告白とともに、冬征の唇が水篶の口をふさいだ。

水篶は目を見開いて、それを受け止めた。

口づけをしたのは、初めてだった。

心の準備もなにもない。どうすればいいのかわからなくなって、水篶は硬直していた。唇をぎゅっと引き結んでいたが、冬征に乳首を引っ掻かれ、喘いだ拍子に口が開いた。

そこへ、ぬかりなく冬征が舌を差しこんでくる。

冬征だって初めてのキスのはずなのに、彼の舌は遠慮がなかった。長年、お預けを食らっていたものに、ようやくありつけた喜びに溢れているのがわかる。

「んっ、ふぅ……」

歯を舐められ、上顎を舌先でくすぐられると、頭の芯が霞んでくるようだった。

水鷲も思わず、冬征の舌を吸った。口内に唾液が溢れ、舌で掻きまわされて、混ざり合う。飲みこめば、蜜の甘さを感じた。

精液とは違ったおいしさである。

自分の身体は毒だと信じていて、口づけさえできないと思っていた。嘘をついていた空木を、恨んではいない。こんなに気持ちのいい行為を何年も前からつづけていたら、二人ともが次の段階に進みたくなり、自制できなくなっていたに違いない。

冬征が唇をずらし、顎から喉を伝って、乳首を口に含んだ。

「ああ……っ」

水鷲は背筋を反らせた。

濡れた感触が乳首を覆い、舌で舐められ、吸い上げられる。歯で根元を挟まれながら、舌先で転がされる。

意識を取り戻す前、水鷲が雲に乗っているような心地だったとき、冬征は水鷲の乳首を吸っていたのだ。体感して、わかった。

「う、あぁっ……、んんっ」

冬征の愛撫《あいぶ》は激しかった。右と左に交互に吸いつき、手も使って、決して大きくはない胸の突起を丹念に味わっている。

唾液が絡むと、指で摘まれる感触も変化した。

挟もうとする指の間から、水鷲の乳首が逃げるのだ。しっかりと挟んでほしいのに、わざと逃がされているようでもあり、せつなさがこみ上げてくる。

無意識のうちに、水鷲は胸を突きだし、冬征に乳首を差しだしていた。

「くっ、うぅっ」

冬征は水鷲の反応をしっかり確かめていて、ビクッと震えたり、大きな声が出たりしたときの動きは、何度も繰り返された。

感じすぎてじっとしていられない。

水鷲が身体をくねらせたとき、ぬるりと下肢が滑った。

冷水を浴びたように背筋が冷えて、水鷲はにわかに慌てだした。

「……！　こ、これ以上は駄目だ！」

冬征の髪に手を差し入れて胸元から引き離し、横を向いて、背中を丸める。

そっと股間をまさぐれば、水鷲の陰茎は勃ち上がり、零れる先走りで濡れていた。

冬征がこれを口にしたら、転成が始まり、これなしでは生きられなくなる。毒ではないけれど、毒のようなものだ。

冬征を伴侶にする気はなかった。二人の気持ちや覚悟とか以前に、環境が悪すぎて失敗すると六花に言われている。

もし環境が整ったら、と水鷲は考えた。

長い間、水篶のなかに一本の太い柱となって存在していた空木の教えは、少し揺らぎかけている。

神隠しに遭った事実は消せない。そのせいで、冬征は二十五歳の今になっても差別的な扱いを受けるのだと、知ってしまったからだ。

人間の幸せを追求できないなら、水篶がもらいたかった。冬征の人生を、水篶のものにしたい。

二人して、見込みのない転成に命を懸けて挑みたい。失敗したら冬征と運命をともにしたかった。

決断はまだできない。決めてしまえば、後戻りできなくなる。水篶も冬征も。

生きるか死ぬかの人生の大事は、もっと時間をかけて、冷静なときに考えるものだ。

乳首を吸われて身も世もなく喘ぎ、陰茎を勃起させているときの判断力など、塵《ちり》ほども信用できない。

冬征は水篶の背中に細かくキスを落とし、仰向けにしようと肩を掴んだ。

「こっち向いて。水篶の精液には触らないようにするから」

水篶はいやいやと頭を振った。

「駄目だ。うっかり触って、それが口に入ったら……！」

「俺は飲みたいんだけどね」

「こんなところで、転成が始まったらどうするんだ！」

「かまわないよ、長年の夢だし。でも、水篶の気持ちも尊重する。ちょっと待ってて」

ベッドから下りた冬征は、バスルームに入っていった。

水篶は首だけをもたげて、肩越しに冬征を見ていた。

背中は広く、尻は引き締まり、長い脚が伸びている。均整の取れた逞しい後ろ姿に、惚れ惚れしてしまう。

三十秒も経たないうちに、バスルームから手にタオルを持って冬征が出てきた。水篶の目は、半ばほど勃ち上がっている男性器に釘づけになった。

歩くたびに揺れている。太く、長く、重みがあって、舌が蕩《とろ》けるような精液を出してくれる肉棒を、口に入れて舐めまわしたい。

ごくり、と浅ましく唾液を飲みこんだ水篶に、気づいているのかいないのか、冬征はベッドに戻る前に、箪笥《たんす》の引き出しを開けてなにかを取りだした。

「お待たせ」

と言って、シーツの上に置かれたのは、四角く薄い袋だった。

「なんだ、これ」

「あとで教えてあげる。濡れてるところを拭くから、手を離して」

「え？」

「水鴛のそれを綺麗にして、俺がうっかり触っても大丈夫なようにする」

「ええっ」

どういう意味かと混乱している水鴛の両手を外させ、冬征が濡らしたタオルで陰茎を拭い始めた。

「……ひっ！　それ……い、や……っ」

ざらざらした布地に敏感な先端を擦られて、水鴛は悶えた。痛いような気持ちいいような、なんとも表現しがたい感触である。

両手を振りまわして逃げる水鴛を、冬征は軽くあしらいながら、根元から先端まで丁寧に拭った。

「拭いても拭いても、どんどん溢れてくる。水鴛のこれ、可愛いね。服を脱がせたときに、じっくり見せてもらったんだ。ちゃんと勃ってるのに、小さくて色も綺麗で、俺のと全然違う。ここの毛も、薄い」

冬征の指が、下生えをくしゃっと撫でる。

「や、め……、あっ、あっ」

全体的になんだか失礼なことを言われている気がしたが、大事なところを握りこまれてしまっては、抵抗もままならない。

冬征はしばらく、タオルを使って水鴛自身を弄《もてあそ》んだ。

「このへんでいいかな」

「はぁ、はぁ」

タオルが離れると、水篶は息も絶え絶えに脱力した。

冬征が言っていたように、水篶のそれはますます硬く膨らんで、とめどなく先走りを零しており、タオルで拭った意味をなくしているありさまだ。

「これをつければ、少しは安心できると思う」

冬征は引き出しから取ってきた四角く薄い袋を破って、中身を取りだした。円形で、真ん中が小さな袋状になっている。

十八年、冬征と人間界で暮らしてきたが、水篶はそんなものを見たことがなかった。

「なんだ、それ」

「避妊具。本当は女性が妊娠しないように使うものでね」

あろうことか、冬征はそれを水篶に装着させた。

冬征の手の動きが素早くて、止める間もなく、水篶の陰茎はピンク色の薄いゴムにぴっちりと包まれてしまった。苦しくはないけれど、違和感はある。

「なんでそんなものを、お前が持ってるんだ?」

水篶は少々、尖った声で訊いた。水篶一筋と言いながら、機会があれば女性とセックスするつもりだったのかと思ったのだ。

水篶の嫉妬を、冬征は笑い飛ばした。

「ゲームの景品だよ。去年の会社の忘年会で、もらったんだ。俺にはサイズが小さくて、捨てようかと思ったけど、こんなこともあろうかと取っておいた」

「俺につけさせることもあろうかと？」

「そう。これなら、安心だよね？　水篶がいっても、精液はここに溜まって漏れないから。我慢せずに、いっていいよ」

「まだ、するのか？」

「始まったばかりじゃないか。水篶の力はまだまだ戻ってない。今日は違ったやり方を試してみたいんだ。六花さまが言ってただろう？　口から飲ませるもよし、つながってなかに出すのもよしって」

「そ、それは、たぶん、天狗が人間を抱くときの話で……」

冬征はうろたえる水篶の顔を覗きこみ、駄々っ子に言い聞かせるようにゆっくり話した。

「同じだよ。精液を摂取することに変わりはない。口から飲むより、なかに出したほうがよさそうな気がする。俺は水篶を抱きたい。水篶の精液は飲まない。水篶のここにも触らないって約束するから、水篶のなかに入れさせて」

ここ、というのは、もちろん水篶の陰茎のことだ。

冬征の懇願を、水篶は呆然と聞いていた。

これがしたい、あれがしたいと冬征が希望したことは、即座に断るのがほぼ習慣と化している。

しかし、今回はよくよく考えれば、冬征の望みどおりにしてやっても、水鶯にはなんら不都合はなかった。

水鶯は冬征に、自分の肉体を与えてやれるのだ。水鶯も、冬征に抱いてもらえる。冬征とひとつにつながることができる。

そう思った瞬間、全身の血が湧きたった。

身体が燃えるように熱くなってきて、水鶯は冬征に擦り寄った。

「いいぞ。約束を守れるなら、俺の身体、お前の好きにさせてやる」

「……！　本当？　途中でいやがっても、やめられない。やめてあげられない」

「うん、うん」

やめなくてもいい。

水鶯が二度頷くことでそう返すと、冬征は水鶯に濃厚なキスをした。

そして、挨拶をするように左右の乳首をひと吸いしてから、水鶯の身体をうつ伏せにし、腰を持ち上げさせた。

シーツに膝をついて、尻だけを突きだす恰好である。

尻の孔《あな》に、冬征の肉棒を入れるのだとわかっている。

天狗である水篶の尻の孔は、生きていくうえでなんの役割も果たしていなかった。乳首もそうだ。

冬征に捧げることで初めて存在の意味を持ち、価値を宿す。

それでも、緊張はしたし、羞恥《しゅうち》も感じた。それを上まわる期待が、崩れそうになる膝をかろうじて支えている。

背後に陣取った冬征は、強張《こわば》っている尻朶《しりたぶ》を両手で揉みこんで柔らかくし、狭間《はざま》に顔を埋めてきた。

「……あっ！」

水篶はシーツに爪を立てた。

キスされている。水篶の尻の孔に、冬征の唇が張りついている。

小さな窄《すぼ》まりを、冬征は舌で舐めまわし、音をたてて吸いしゃぶった。肌が唾液で潤うと、尖らせた舌先をなかに潜りこませてくる。

「あぁっ、あっ、あ……っ」

たまらず、水篶は喘いだ。

内側をぐるりと舐められ、抉られた。肉襞《にくひだ》はまるで、神経が剝きだしになっているようで、ねっとりした舌の愛撫に、尻が跳ね上がるほど感じてしまう。

よほど気に入ったのか、冬征はしつこかった。

水鶯の尻を抱えこんで、舌を出し入れしたり、指を差し入れて感じるところを探ろうとしたり、夢中になって弄りまわしている。

「ん、あうっ」

水鶯は冬征のすることを、すべて受け止めた。

薄いゴムのなかで陰茎が張りつめて、痛いくらいだった。直接触れられなくても、ここまで昂ることができるのかと、怖くなる。

快感を受け止めきれず、前へ逃げていく身体を強引に引き戻された。

乳首がシーツに擦れた瞬間、水鶯は堪えきれずにのぼりつめた。

「あっ、あー……っ！」

不意打ちの、予期しない絶頂に、自分でも驚いた。腰だけでなく、全身ががくんがくん揺れて止まらない。

「水鶯、すごい……」

尻から顔を離した冬征が、掠れた声で呟いた。

恥ずかしかった。冬征よりも先に、それも尻を弄られただけで達してしまうなんて、堪え性がなさすぎる。

避妊具で覆っているとはいえ、できるだけ精液は出したくなかったのに。

「う……、ううっ」

射精を終え、余韻に浸るどころか、忸怩《じくじ》たる思いを抱えて喘ぐ水篶の尻に、ひたりと当てられたものがあった。

冬征の肉棒だと、見なくてもわかった。唾液で濡れた窄まりが、ひとりでにちゅっと吸いついていく。

「入れるよ、水篶」

「うん……、んっ、くっ」

水篶は力を抜いて、冬征を迎え入れようとした。

口でしゃぶるのも一苦労する、大きな性器である。尻の孔に本当に入るのか、少し不安だった。

冬征は慎重に腰を進めてきた。

圧迫され、まわりの肉を巻きこみながら、先端が押しこまれる。冬征が流しこんだ唾液で濡れているのか、思った以上にすんなりと入っていく。

「……っ」

シーツに顔を埋め、水篶は奥歯を噛んだ。

半分ほど入っただけなのに、すでに気持ちがよかったのだ。広げられた肉襞が、剛直に絡みついていく。

「くっ」

冬征が低く呻いた。

両手で水篶の尻を摑み、ゆっくりと奥まで挿入してくる。

あまりの深さに、眩暈《めまい》がしそうだった。冬征に貫かれて、つながっている。体内に愛しい男のものを受け入れている。

背筋がぞくぞくした。

「全部入ったけど、痛くない？」

「き、もち……いい……」

感じ入った水篶の声に、なかに入っている冬征自身がさらに膨らんだ。

馴染ませるように止まっていた肉棒が動き、奥をそっと突いてきた。ずるりと抜かれ、また戻ってくる。

先端の括れが、肉襞のところどころで引っかかるのが、たまらない。

擦られているところが、熱かった。感覚がどんどん鋭くなって、冬征の肉棒の形がわかってくる。

少しずつスピードが上がり、ぱんっと音がするほど冬征が水篶の尻に腰を打ちつけてきたとき、水篶は二度目の絶頂を迎えた。

「ううっ……、く、んーっ！」

駆け上るというより、押しだされたような感じがする絶頂だった。

「み、すず……っ、締めすぎ……！」

冬征が焦った声で水篶に抗議したが、達している身体が途中で止まるわけもない。水篶は尻を振りたくり、引き絞った肉襞を激しく蠢かせて、冬征の剛直をきりきりと絞り上げた。

冬征にも精液を出してほしかったのに、彼は我慢してしまった。動きを止めて、水篶が絶頂から下りてくるのを待っている。

今からでも遅くないと締めつける媚肉《びにく》の誘惑に、頑として屈してくれない。

「い、やぁ……！　ひどい、欲しい……っ」

甘えた声で、水篶も文句を言った。

なかに出される感触を、早く知りたかった。セックスなんて初めてのくせに、余裕のある態度が小憎らしい。

冬征は水篶の震える背中に、何度も唇を落として囁いた。

「気を失った水篶に飲ませるために、先に二回出してるんだ。一度も出してなかったら、水篶のなかに入れただけで、いってたと思う。次は一緒にいこうね」

「……うん」

「俺の、そんなに気持ちいい？」

「いい……。いいに決まってる」

水篶は正直に答えた。絶頂時の肉体の反応を、なかに挿入したままで確認した冬征に、嘘をついても仕方がない。

「俺も気持ちいい。水篶のなか、すごく熱くて、湿ってて、俺に絡みついてくる。俺のこと、好き？」

「……」

愉悦で霞んだ頭が勝手に頷きそうになるのを、水篶は堪えた。

肯定もしないが、否定もしない。冬征を傷つけてしまうかと思ったけれど、冬征は笑ったようだった。

「水篶は身体のほうが素直だね。水篶のお尻は俺を銜えこんで離さないのに。いいよ、俺は水篶に好きになってもらえるように頑張るだけだから」

冬征は水篶の尻を摑んで、腰を動かし始めた。

「あっ、あっ、ああっ」

本格的に繰りだされる力強い律動に、水篶は喜悦の声をあげた。

もう充分すぎるほどに好きなのに、これ以上頑張られたら困ってしまう。冬征の肉棒と水篶の尻の相性がいいことも、わかってしまった。

互いにほかを知らないけれど、これが最高だというのはわかる。身体がそう納得しているのだ。

硬い肉棒に内壁を擦られると、水篶の陰茎はたちまち大きくなった。

二度の射精で精液が溢れ、避妊具はいつの間にか外れてシーツに落ちていたが、それを気にする余裕は二人ともなかった。

「あぁっ、あー、あっ」

声が止まらない。

入り口から奥まで、冬征でみっちりと埋められている。隙間など、どこにもない。

包んだ柔肉で締めつけても、ぐぐっと押し戻してくる、その雄々しさに水篶は蕩けた。これを自分のものにしてしまえたら、どんなに幸せだろう。

毎日のように睦み合って、冬征に愛を囁けたら。

冬征も切羽詰まってきたのか、激しく腰をぶつけてきた。はぁ、はぁ、と背後から聞こえる荒い息遣いにまで、水篶の官能は掻きたてられた。

「うっ、あぅ……う、あぁっ」

突かれても気持ちいいし、引き抜かれても気持ちがいい。奥まで突かれて、ぐりぐりと捏《こ》ねまわされるのもよかった。

律動は次第に単調になり、冬征が背中に覆い被さってきた。

「水篶、もういきそう……出していい？」

「いいっ、出して……奥に……！　あっ！」

水篶は際まで追いつめられ、閉じた瞼の裏に閃光《せんこう》が走った。極まるのは三回目だが、今のが一番深かった。がくんと大きく腰が震え、精液が迸《ほとばし》るたびに、陰茎も揺れる。

内側で、冬征の肉棒がいっそう硬く膨らんで、弾けた。熱い精液が勢いよく迸り、水篶のなかを濡らす。

「あ、あ、あぁぁ……っ」

隅々まで沁み渡り、満たされていく感覚に、水篶は自身が達したときよりも長く尾を引く声で鳴いた。

のぼりつめた頂から下りられず、身体の震えも止まらない。

膝で支えていられなくなった水篶を抱え、冬征は横たわる体勢を取った。身体はまだつながっている。

朦朧としながら、水篶は首を捩って背後の冬征を見た。

すっかり肉欲に目覚めた爛々《らんらん》と光る男の目で、冬征も水篶を見つめている。

目を合わせたまま、二人は口づけた。冬征が緩やかに腰を突き上げ始め、水篶の尻はそれを喜んで締めつける。

二人はすぐに、新しい愉悦の波に呑みこまれた。

# 9

冬征の精液をたっぷり浴びて、水篶は元気を取り戻した。

体位を変えて何度も交わり、互いに達した回数は覚えていない。驚くほどに、欲望が尽きなかった。

シーツの上に外れた避妊具が落ちていて、水篶の精液が二人の身体にべったりと付着していることに気づいたときは血の気が引いたが、冬征の自己申告によると、口にはしないように気をつけていたらしい。

「それだけ、夢中になってくれたってことだろう？　俺は嬉しいよ」

自分の不用心さに落ちこむ水篶に、冬征は男くさい笑みを浮かべて言った。

二人でシャワーを浴びて体液を洗い流し——水篶は突っ立って冬征のなすがままになっていた——少し眠って、目が覚めたときに、もう一度抱き合った。

欲情の熱に浮かされている間は時間の感覚が曖昧で、理性が戻ってきたのは、翌日の昼過ぎだった。

「お前、仕事は？」

ふと思い出した水篶が訊けば、冬征は肩を竦めた。

「急病ってことにして、休んだ」

台風のときから休みすぎではないかと思ったけれど、休ませる原因となっている身としては小さくなっているしかなく、水鶯は黙って俯いた。

「荒磐岳の不法投棄のことだけど、どうしてあんなことになったの？」

「……」

水鶯はさらに深くうなだれた。

怒りに任せてやってしまったが、どう考えてもまずい。一方で、怯えて泣いていた金村と達也の顔を思い出すと、溜飲《りゅういん》が下がった。

冬征に隠しておくことはできず、水鶯はあの事態に至った経緯を説明した。

六花と一緒に大堂興産の事務所まで行ったこと、社長の大堂が、木下と電話で話していた許しがたい内容や、六花が荒磐岳の今後のことを相談するために不動山に行ったこと、その留守中に二度目の不法投棄があり、金村と達也の会話を聞いて、我慢できずに神通力を使ってしまったこと。

爆発の引き金となったのは冬征への悪口だったが、冬征が気に病まないようにそこだけは隠した。

「そんなことになってたのか。怒るどころか、使用料を払わせるとは木下さんのがめつさも、ここに極まれりだな。二人とも、ろくなもんじゃない」

冬征は憤然として言った。

「お前のおかげで力も戻ったし、荒磐岳に帰ってみる。そろそろ、六花さまが戻ってくるかもしれない。俺がしたことを見たら……怒るだろうな」

なにもするなと言われていたのに、大暴れしてしまった。

だが、時間を巻き戻して、同じ状況をやりなおせることになったとしても、水篶は同じことをするだろうと思った。

冬征が水篶の肩を撫でた。

「事情を話せば、わかってくださるよ。俺も一緒に行って、説明しようか？」

水篶は苦笑した。水篶のほうがはるかに年上なのに、冬征はしばしばこんなふうに、水篶をいとけない子どものように扱う。

「子どもじゃあるまいし、自分で言う。お前は荒磐岳に来ないほうがいい。さっき、話しただろう？　木下に訴えられたらどうするんだ。向こうは警察ともつながってるのに」

冬征はしぶしぶ認めた。

「たしかに、俺が行くと、余計に面倒なことになりそうだ。様子を見たら、すぐに帰ってきて。六花さまに会えなかったら、山頂の小屋に手紙を書いて置いておけばいいよ。俺んちにいるからって」

「……うん」

神通力が戻ったとはいえ、荒磐岳とアパートを往復するのは疲れるし、六花が戻るまでは荒磐岳で待っている、と言いたかったのに、水篶は頷いてしまった。

今も、本当は離れたくない。

肌を合わせたのは、間違いだったような気がしていた。

冬征への愛しさが深まって、散々抱き合ったのに、また抱いてほしくなる。冬征の温かい腕のなかで、安らいでいたくなる。

俯いていた水篶の顎が、くいっと上げられた。

冬征の顔が近づいてきて、唇が重なった。

慣れていない水篶は、つい呼吸を止めてしまう。息苦しくなり、鼻で息をすることを思い出したときには、開いた口のなかで舌が絡まっていた。

舌と舌を擦り合わせることで、性的な快感が得られることを、昨夜の交わりで学んだ。

冬征は水篶の口腔《こうこう》を丹念に探り、口づけの仕上げをするように、水篶の舌を柔らかく嚙んで吸い上げた。

「んっ……んぅ」

水篶は小さく震えて、冬征にしがみついた。身体がふわっと浮き上がって、どこかへ飛んでいってしまいそうだった。

唇を離した途端に、寂しくなってまた互いの顔を近づける。

やり方は何通りもあって、決して飽きることがない。唇が腫れぼったくなるころに、二人はやっとキスを終えた。

唾液で濡れた唇を拭いもせず、冬征が囁いた。

「水鵟、愛してる」

俺も、と応えたかった。

だが、それは冬征を伴侶にすると決めたときだ。人間を伴侶にし、天狗に転成させられる強い力が水鵟にあったなら、決意していたかもしれない。

水鵟は無力だった。冬征を守るための巣も作れず、転成に失敗して老いて死ぬならともかく、ほかの天狗に襲われて、命を落とさせることがあってはならない。

そんなことになったら、水鵟の気が狂う。即座に冬征のあとを追うつもりだが、天狗と人間の魂は同じ場所に行けるのだろうか。

以前は魂となれば種族を越えて寄り添えると信じていたけれど、今はそれが楽観的な希望に過ぎないのではないかと不安になっていた。

しかし、現状を維持していても、水鵟への愛執が冬征を魑魅魍魎に変えると、六花は言っていた。瘴気を放つ魑魅魍魎でも、冬征だと思えば水鵟は愛せるけれど、それでは冬征が可哀想すぎる。

とどまれず、進めず、冬征の想いに応えられず。

しょんぼりと俯く水鶯を、冬征はなにも言わずに抱き締めてくれた。

今があまりに穏やかで幸せで、このまま時間が止まればいいのにと、願わずにはいられなかった。


日が落ちてきたころに、水鶯は鳥になって荒磐岳に向かった。

昼間でも動けるけれど、夜のほうが安心できるのは、水鶯が人間界では異質な存在だからだろう。夜はすべてを許容してくれる。

バルコニーでは、冬征が見送ってくれていた。

水鶯の帰りが遅ければ、冬征は心配してまた荒磐岳に来るだろうから、できるだけ早く帰ってやろうと思っている。

水鶯は翼を羽ばたかせ、風に乗った。

飛び慣れた空である。冬征の住まいが変わっても、御山の方向がわからなくなったことは一度もない。

帰巣本能があり、どこにいたって生まれ故郷はわかるものなのだ。

荒磐岳の頂が見えてきた。一般的に連想されるような山らしい山ではなく、切りたった崖と岩肌が目立つ、歪な形状の山である。

美しいとは言いがたいが、水篶は御山が好きだった。ずっと昔、大天狗が守護していたころの御山の賑《にぎ》わいを想像して楽しむこともあった。

遠目からだといつもどおりに見える御山の麓で、ゴミが散乱しているなんて、信じられない。夢ならいいのに、と水篶は思った。

自分のしでかしたことを確認しなければならないのは、気が重かった。

あれから時間が経っているし、腰を抜かしていた金村と達也は、さすがに退散しているだろう。

うっかり、電子レンジでフロントガラスを割ってしまったトラックが、動いていればいいのだが。トラックまでゴミとなって残っていたら、邪魔で仕方がない。

そのとき、水篶は胸騒ぎを覚えた。

金村と達也には水篶が見えない。水篶の大暴れは、ポルターガイストのようなもので、誰にも説明がつかない超常現象となるはずだった。

しかし、そこへ冬征が現れた。

もしかしたら、彼らはあれを、冬征がやったと誤解しているのではなかろうか。

水篶は冬征に抱き起こされたと同時くらいに気を失ってしまい、そのあとに冬征と彼らがどんなやりとりをしたのか知らない。

冬征もなにも言わなかったので、気にすることなく流してしまっていた。

水篶が飛びたつとき、気をつけて、と冬征は言ったが、本当に気をつけるべきは、冬征のほうではないか。

水篶はくるりと半円を描いて方向転換をし、向かい風のなか、アパートへ戻るために猛スピードで飛んだ。

——どうして気づかなかったんだ……！　金村たちが逆恨みをして、攻撃してくる相手は冬征だ。冬征しか、姿の見える敵がいない。

取り越し苦労ならそれが一番いいけれど、彼らは怯えて泣き寝入りするような人間には見えなかった。

冬征のアパートの住所だって、簡単に調べがつく。不法投棄を通報したときに提供した情報が、警察には残っている。

大堂興産側は、たやすくそれを入手するだろう。

——冬征、冬征！

名前を呼んでいれば無事でいる気がして、水篶は心のなかで愛しい男を呼びつづけた。

水篶が飛んでいった方向を、冬征は十分以上眺めていた。姿はとっくに見えないけれど、名残惜しかったのだ。

いつもは、いつ帰ってくるかわからなくて不安だったが、今回はすぐに帰ってくると約束してくれた。

荒磐岳には大堂興産の連中がうろうろしているかもしれない。

今度はなにがあっても我慢すると水篶は言った。神通力を使いすぎることが心配なのであって、天狗の姿が見えない人間たちに、水篶が危害を加えられることはないので、その点は安心である。

冬征は部屋に入ってベッドに転がった。

ついさっきまで、このベッドに水篶がいたのだ。興奮しきった水篶の卑猥な姿を思い出すと、股間が性懲りもなく熱くなってくる。

想像していた以上に綺麗で可愛らしく、そしていやらしい身体をしていた。水篶だって、性的な交わりを持つのは初めてのはずなのに、よく感じていた。

乳首と尻の孔は完全に性感帯として機能しており、男に抱かれるために作られた肉体だと、童貞の冬征にもわかった。

水篶の声や仕種《しぐさ》など、記憶を頼りに自慰をしたいくらいだが、冬征は頭を振って、その熱を追い払った。

冬征の精液は水篶の糧になる。無限に出せるものでもなかったし、出すなら水篶のなかに出したかった。

水篶にしてやりたいことが、たくさんある。立ったまま挿入するとか、水篶を上に載せて下から突き上げるとかだ。

どれを先にするか順番を決めているうちに、冬征はいつの間にか眠っていた。

数時間後、ぐう、と腹の虫が鳴いて、目が覚めた。

枕元の時計は、がっかりするほど少ししか進んでいない。水篶の帰還は、まだ何時間も先だろう。

「……あー、腹減った。ずっとセックスしっぱなしだったもんな。コンビニに行って、なんか買ってくるか」

一人では自炊する気になれず、身支度を整えて部屋を出た。

歩いて行けるところだから、駐車場のある広い道ではなく、アパートの裏側の細い道に出る。夏に向かっていく時期で、風はあるが蒸し暑い。

アイスキャンデーも買おうと思ったとき、視界の隅でなにかが動いた気がして、冬征は立ち止まった。

「……？　誰かいるのか？」

水篶が戻ってきたのかと思ったが、明らかに気配が違う。

電柱の後ろから出てきたのは、不法投棄に来た若いほう、達也だった。

「ば、化け物め……！」

達也はぎらぎら光る目で、冬征を睨みながら呟いた。

その手にナイフが握られているのを見て、冬征は身構えた。

達也の様子は尋常ではない。足には自信があるから、走って逃げようかと思ったが、ほかの住民が巻き添えを食うかもしれない。

「なにか用か？」

興奮している相手を刺激しないよう、冬征は穏やかな声で訊いた。

達也の体格は冬征より小さく、鍛えているようには見えない。ナイフさえ遠ざければ、揉み合いになっても勝てそうだ。

「お、お前が金村さんを階段から突き落としたのはわかってるんだぞ！」

達也は握ったナイフを冬征に向けて突きだしながら、叫んだ。

「俺が？　金村ってやつを突き落とした？　知らないな。単なる事故だろう。お前たちを追いかけまわすなんて面倒なこと、誰がするか。俺はそこまで暇じゃない」

濡れ衣を着せられているとわかって、冬征のもの言いが少々冷淡になった。

「嘘つけ！　金村さんはな、頭を打って意識が戻らないんだ。でも病室で、天狗が天狗がってうわごとを言ってる……。天狗の仕返しに決まってんだ！」

「あいにく、俺は天狗じゃない。神隠しに遭ったのは本当だが、天狗にはなれなかった。普通の人間だよ」

「普通の人間があんなこと、できるか！　捨てたはずのゴミがトラックに飛んで戻ってくのを、俺は見たんだぞ！」

　達也は口から唾を飛ばした。

　ナイフの切っ先が逸れる隙を狙っているが、化け物だと思いこんでいる冬征を相当警戒しているようで、なかなか冬征から踏みこんでいくチャンスがない。

「だから、あれは山の神がやったことだと言っただろう。お前たちにはわからないだろうが、山には山の神が宿る。人智を超えた力を持つ、神々しい存在だ。俺なんか、天狗でも山の神でもない。言いがかりはやめろ」

　できるものなら、冬征が天罰を下してやりたかった。普通の人間でしかないから、警察に通報したのだ。

　それが正しい方法だと信じていたけれど、警察もあてにはならなかった。二度目の不法投棄を止められなかったことが腹立たしいし、悔しい。

「か、か、金村さんの次は、俺をやるつもりなんだろう……！」

「俺が天罰を下すなら、まずお前らの社長に下すよ」

「しゃ、社長も会社で原因不明の地震に遭ったって言ってた！　社長室しか揺れてなかったって！　あれもお前だったんだな、くそっ、この人殺し！」

　達也が目を吊り上げて喚いた。

「誰も死んでないだろう、まだ」

「ま、まだ？　まだってなんだ！　じわじわやる気か、この野郎！」

「……」

冬征は閉口した。

なにをどう言っても、達也のなかでは冬征がやったことになってしまう。

金村にしても、不注意で落ちたのか、ほかに恨みを買っているやつから本当に突き落とされたのか知らないが、天狗に怯えるあまり、妄想に取り憑かれているのだ。

そこまで怯えるなら、不法投棄などしなければいい。会社の命令にしても、荒磐岳に捨てることを社長に提案したのは金村からだったようだし、それこそ、本当の天罰であろう。

達也から目を離さずに、この場を逃げきる方法を冬征は考えた。

ナイフを向けてはいるが、問答無用で襲いかかってこなかったということは、刺すことに迷いがあるのかもしれない。

思いきって踏みこんで、手首を叩いてナイフを落とすか、腕をねじり上げて倒し、地面に押さえつけるか。

沈黙のなか、緩やかな風が吹いた。

道に落ちていた白いナイロン袋がふわっと飛んで、生き物のように達也の足元にまとわりついた。

それが、達也の精神の均衡を崩した。

「う、うわぁーっ！　天狗だ、天狗の力が……っ！　やめろ、来るな！」

パニックに陥った達也が突進してきて、冬征は身をかわして逃げた。

やらなければやられるという恐怖に突き動かされ、達也は死にもの狂いで冬征に向かってくる。

かろうじて切っ先を避《よ》けた拍子に冬征は体勢を崩し、そこを達也にのしかかられて、地面に転がった。

「くっ……！　よせ！　俺じゃないと言ってる！」

「わぁ、あぁぁーっ！」

達也は叫ぶばかりで、言葉になっていない。

脇腹に殴られたような衝撃を感じたが、冬征はかまわずに達也の顔を殴りつけ、仰け反ったところを、足で蹴り飛ばした。

達也は尻もちをつき、見開いた目で冬征の腹のあたりを見ている。手にはナイフを握ったままで、その刃先は色を変えていた。

「……」

冬征は脇腹を見下ろした。シャツがどす黒く変色していて、ジーンズにまで染みを作っている。

刺された。

そう思ったときには、全身から力が抜けて仰向けに倒れこんでいた。

起き上がって、達也を捕まえなければならない。痛みはないし、動けるような気がするのに、頭が持ち上がらなかった。

「ひっ、ひぃぃ……」

泣くような悲鳴をあげて、達也が走って逃げていく足音が聞こえた。

徐々に痛みが出てきて、冬征は脇腹を手で押さえた。アパートの住人くらいしか通らない裏道は、生温い風が吹いているだけで、人の気配を感じない。

救急車を呼ぼうにも、コンビニで買い物をしたらすぐに戻るつもりだったから、携帯電話さえ持っていなかった。

水篶と初めて結ばれて、浮かれていたのかもしれない。

不覚を取ってしまった。水篶の帰りを待っていると言ったのに。

血がどくどくと溢れていくのが、自分でもわかる。シャツごと傷口を押さえているが、止まらない。

朦朧としてきた頭で、こんな最期を迎えるのはいやだと思った。

身体は重ねたものの、水篶と想いは通じていない。愛していると言って、返ってくる言葉はなかった。

愛されていないとは思わない。

けれど、人間と天狗は違う種族で、ともには歩めないと強固に信じる水篶の心の壁を、冬征は壊すことができなかった。

一度でいいから、嘘でもいいから、聞きたかった。

冬征を愛しているという言葉を。

「……」

水篶、と呟いたはずの声は、声にならずに空気になって流れていった。

## 10

急いでアパートに戻った水篶は、空気に漂う血の匂いを敏感に嗅ぎ取った。

冬征の部屋の明かりは消えている。

血の匂いは、アパートの裏道のほうから漂ってきていた。コンビニに行くとき、冬征はその道を通る。

まさかと思いつつ、裏道に走りでた水篶は、倒れている冬征を見つけて息を呑んだ。

駆け寄って、肩を揺すろうとして思いとどまった。どこを怪我しているのか、わからないからだ。

「冬征！　冬征！　しっかりしろ！」

冬征は脇腹を押さえていて、その手もシャツも血で真っ赤に染まっていた。

よくよく見れば、道路にも血溜まりができていて、水篶は震え上がった。血を失いすぎたら、人間は死んでしまう。

「と、冬征……？」

意識を失っているようで、呼びかけても反応がない。おそるおそる心臓に手を当ててみると、小さく脈打っていた。

生きている。しかし、虫の息だ。

血を流しているのは脇腹だけのようで、水篶は神通力を使って冬征を抱き上げ、冬征の部屋に慎重に運んだ。

ベッドに寝かせ、強張っている手を外させてシャツの前をはだければ、刃物で刺されたみたいな傷があった。

水篶は顔を歪めた。傷はかなり深そうだった。傷口からは出血がつづいており、タオルを取ってきて止血をする。

冬征の顔色は土気色で、唇は乾いてひび割れていた。人間の怪我を治せるような天狗の術を、水篶は知らない。

「冬征、冬征……！」

懸命に呼びかけていると、冬征の瞼が痙攣《けいれん》し、薄く目を開いた。

「……み、すず」

「冬征！」

「……夢？」

「違う！　帰ってきたんだ！　お前が危険かもしれないと気がついて、急いで戻ったけど、遅かった……誰がこんなことを、いや、そんなの今はどうでもいい。ごめん、冬征。俺のせいだ……俺の……」

冬征が血まみれの手を動かしたので、水鷲はそれをしっかりと握った。

いつも温かく水鷲を包みこんでくれる手は今、水鷲の背筋を凍らせるほどに冷たくなっていた。

「違う、水鷲のせいじゃない。……ごめんね、水鷲」

冬征は掠れた声で謝った。

「なに？　どうしてお前が謝る？」

「俺、駄目かも……。死んだら、もう水鷲に精液、飲ませてあげられ、ない……。水鷲を、独りぼっちにして、しまう……」

「馬鹿、死ぬなんて言うな！」

水鷲は叱りつけるように叫んだ。

目尻をかすかに下げて、冬征は微笑んだ。

死期を悟った人間が、遺していく人に向ける優しい笑みだった。

「水鷲の伴侶になりたかったなぁ……。一緒に生きたかった。俺のものに、したかったんだ。愛してるよ、水鷲。出会ったときから……ずっと、愛してる」

「……っ」

水鷲の目から涙が溢れた。

最期を覚悟しながら、冬征の口から出るのは、水鷲への愛だけだった。

霞んだ瞳を見開いて、水鷲の姿を焼きつけようとしているのだ。

水鷲はぐいっと服の袖で涙を拭った。

もはや、迷っている時間はなかった。

水鷲にできることが、たったひとつだけある。冬征を救わなければ。

「冬征。こんなところで死なせるくらいなら、お前を伴侶にする。成功するか失敗するか、わからない。いいか、俺と一緒に死ぬことになっても？」

「……水鷲を死なせたくない」

不甲斐なくも、水鷲はまた泣いた。

死にかけた山で産まれた、最弱の天狗。仲間はおらず、いつも独りぼっち。

生きていても死んでいても、誰も気にかけない。

そんな水鷲に、冬征はこれほどまでに深い愛情を捧げてくれる。

受け取るばかりで、返してあげられなかった想いを、今こそ返したい。

水鷲は冬征の手を離し、冷たい頬をそっと撫でた。

「馬鹿だなぁ、お前は。冬征がいないなら、生きていたって仕方がないんだ。俺はお前さえいてくれれば、それでいい。お前を拾ったときから、俺はお前のものだ。老いたっていい。しわしわのおじいちゃんになっても、俺はお前が好きだよ。——愛してる、俺も」

篠懸の前をはだけた水鷲は、胸を摑むように右手の爪を立てた。

爪の先に鋭く、深く、慎重に神通力を集中させ、少しずつ胸に埋めていく。

正式なやり方は――正式なものがあるとしてだが――知らない。自分がされたことを覚えていて、それを今度は冬征にしようとしているだけだ。

実際にやるのは初めてで、やろうと思ったことすらなく、うまくいく確信もない。

天狗に信じる神はいない。祈る習慣もないけれど、水篶は心のなかで空木に祈った。必ず、成功することを。

異様な光景を見ても、冬征はもはや反応するだけの力も残っていないようだった。浅い息遣いで、水篶をぼんやり見上げている。

「くぅ……っ」

苦しさに呻きながら、水篶は手首まで埋めこんで、目的のものを掴んだ。引きだそうとすると、激痛が走った。

もともと水篶のものではないが、長年水篶のなかにあって、ほぼ同化しているのだ。

身体の一部を引きちぎるような痛みを堪えて、どうにか身体の外に取りだしたそれは、白色に輝く珠だった。

「はぁ、はぁ」

水篶は肩で息をしながら、今度はそれを冬征の胸に埋めこんでいった。自分の胸に手を突っこむときより、何万倍も神経を使う。

心臓がある場所に重ねるように置いて、そっと手を引き抜いた。

血の一滴も出ていない。水篶の胸にも冬征の胸にも、傷痕《きずあと》は残っていなかった。

水篶が頭のなかで十数えるうちに、冬征の顔色はみるみるよくなり、呼吸も落ち着き、ぱちりと目を開けた。

その瞳にも力が戻っている。命の輝きを、水篶は美しいと思った。

「……水篶？　なにがどうなったんだ？　刺された傷が、痛くない……」

冬征は狐《きつね》につままれたような顔で、そろそろと身体を起こし、脇腹を手で触れて確かめている。

水篶も覗きこんだが、乾いた血がこびりついているだけで、傷口はすっかりふさがっていた。傷口が消えればなおよかったけれど、そこまで望めなかったようだ。

「調子はどうだ？　痛いとか苦しいとか、気になるところはあるか？」

「いや、ない。すこぶる元気だ。どうして傷が治ってるんだ？　夢じゃないよね？　水篶が胸から取りだして、俺に入れた、あの白く輝く珠はなに？」

「あれは、空木が遺してくれた神通力の塊だ」

成功したのだとわかって、水篶はほっとした。

初めての試み、それも見様見真似と言っても過言ではないやり方だったが、水篶が期待した結果になってよかった。

「神通力の塊？　亡くなった空木さんの？」

安心してふらついた水篶を、冬征が支えてくれた。

冷たかった冬征の身体が温もりを取り戻していることに気づき、水篶は嬉しくなった。胸元に耳を寄せれば、力強い鼓動が感じられる。

「そう。六花さまが言ってただろう？　神通力を溜めこむ俺の器は、これくらいだって」

水篶は茶碗程度の大きさを両手で示した。

「でも、本当は違うんだ。俺が持って生まれた器は、これくらいだった」

片手の親指と人差し指で作った輪っかで、こと足りる。

お猪口《ちょこ》ほどもない、強いて言うなればペットボトルの蓋《ふた》。それが水篶本来の器の大きさである。

不老不死の肉体を維持するだけで、神通力の大半を使ってしまうため、修行らしい修行もできなかった。

気を使ったのか、冬征はなにもコメントしなかったが、その小ささに驚いているのは、表情からして明白であった。

「空木さんの神通力の塊が、どうして水篶のなかに？」

毛も嘴も目も、すべてが真っ黒で、どこか愛嬌《あいきょう》のある烏天狗の顔を懐かしく思い浮かべながら、水篶は語った。

「七十七年前、空木は台風から御山を守ろうとした。俺も神通力を使って空木を助けようとしたけど、まったく役に立たないまま、力を使い果たして倒れてしまったんだ。空木の神通力も底を突いてた。でも空木は最後の力を振り絞って、わずかに残った神通力を球状に丸めて取りだして、死にかけてた俺のなかに埋めこんだ」

「さっき、水篶が俺にしたみたいに?」

「うん。そのおかげで俺は生き延び、空木は死んだ。……悲しいなんてもんじゃなかった。生まれたときから、空木と一緒だったんだ。空木しか、いなかった。俺はまだ十三歳で、独りぼっちで残されるより、死んだほうがよかったって何度も思った。せっかく空木が命を分けてくれたのに」

「水篶……」

幼い自分に示してくれた空木の献身と深い愛情を思い、水篶は涙を零した。

ご神木の樹の股から産まれる天狗に親はいないけれど、御山に棲む天狗たちは、御山から授かった新しい命を、我が子と思って慈しんで育てるという。

空木もそうしてくれた。たった一人で、水篶を育ててくれたのだ。

そして、彼の献身と愛は水篶だけでなく、冬征の命まで救った。いくら感謝しても、し足りない。

水篶は鼻を啜り、涙を拭った。

「お前を助けるには、こうするしかないと思った。空木の神通力は生命力の塊も同然だから、うまく機能すれば、お前の身体の傷も内側から修復してくれるかもしれない。でも、お前は人間だから、俺のときのように、天狗の神通力の塊を身体に埋めこんで、無事でいられるのかどうかわからなくて。拒絶反応みたいなものがあるかもしれないだろう？　少し迷ったけど、迷ううちにお前はどんどん冷たくなっていくし……」

冬征の手が水篶の背中を優しく撫でてくれる。

「大丈夫だよ。違和感のようなものは、まったく感じない。埋めこむところを見てなかったら、胸になにかが入ってるなんて、信じられないよ。もう身体の一部になってる気がする。おかしいかな？」

「いや。そうなればいい、という期待はあった。俺は長いこと、お前の精で養ってもらってたから、俺の身体にはお前の……なんだろう、生命力みたいなものが混ざってしまってると思うんだ。だから、俺の体内にあってほとんど同化してるものを、お前の身体に移しても、馴染むんじゃないかって。言ってること、わかる？」

「わかるよ。つまり、水篶の肉体は俺の色に染まってて、俺の色に染まったものを、俺の身体に戻しても問題はなかったたってことだろ」

「まぁ、そういうことかな」

馴染みやすい要素が多くても、不安だった。

やってみなければ結果がわからないというのは賭《か》けであり、どの目が出ても、すべては賭けに出た水篶の責任だ。

冬征が死んでしまったら水篶もあとを追うつもりだったが、それで失敗を贖えるとは思っていない。なにをしても、取り返しがつかない。

今はただ、成功を喜ぶのみである。

嬉しさで、冬征の胸元に顔を擦りつける水篶の肩を、冬征が急に摑んで引き離した。

「あれ、ちょっと待って。よくないよ。その空木さんの神通力の塊の珠……長いから、空木珠に省略するけど、それを俺に渡してしまったら、水篶の神通力の器はまた、小さいのに逆戻りしてるんじゃないのか？」

「まぁな」

水篶は認めた。

「水篶こそ、大丈夫なのか？　茶碗サイズでも小さいって六花さまに言われてたのに、ペットボトルの蓋サイズでちゃんと生きていけるの？　返したほうがいいんじゃない？　返せるのかどうか、わからないけど」

つい、むっとした水篶である。

冬征が心配してくれているのはわかるが、なんでも事実をそのまま口に出せばいいというものではない。

「俺があえて口にしないようにしてるのに、思いっきりペットボトルの蓋って言うな。傷つくだろ」

「ご、ごめん」

「一度埋めこんだものを取りだすのは難しい。さっきは必死だったし、自分の身体だから取りだせた。お前の胸に、もう一回手を突っこむ勇気はないよ。心配しなくても、小さい器でも生きていける。……お前がいれば」

「俺？」

冬征にしては珍しく、呑みこみが悪い。

「飲ませてもらう頻度は、高くなるだろうけど」

やっと閃《ひらめ》いたようで、冬征は満面の笑みを浮かべて、水鶯を抱き締めた。

「ああ！　それならいいよ、安心した。今日から毎日しよう。今から、する？」

「うん」

水鶯は素直に頷いた。

実際、空木珠を移植するのに神通力を大量に使い、身体は空っぽだった。そして、それ以上に、元気になった冬征と抱き合いたかった。

水鶯の返事が予想外だったらしく、冬征は一瞬、ぽかんと目と口を開いたが、すぐさまベッドから下りた。

「血だらけだから、ちょっとシャワーで流してくる！　すぐ戻るから、待ってて」

歩いて数歩の距離のバスルームへ、走って飛びこみ、ものの五分もかからないうちに出てきた。

「お前はいつも、烏の行水だな」

バスタオルを腰に巻き、べつのタオルで髪を拭いている冬征に、水篶は言った。本当に洗っているのか心配になる速さだが、綺麗になってはいるので、洗えているのだろう。

「水篶が待ってるのに、のんびりしていられないだろ」

冬征はベッドのシーツも血で汚れていることに気がついて、簞笥から替えのシーツを取りだして交換した。

せっせと動く冬征の脇腹には、縦に一本、五センチほど線が走っている。完治して、数ヶ月経ったような傷痕で、数時間前に刺されたとは思えない。

「誰に刺されたんだ？」

大事なことなのに、まだ訊いていなかった。

「ん？　大堂興産の達也ってやつ。荒磐岳で水篶に散々脅されて帰ったあと、金村が階段から落ちて意識不明らしい。それを、天狗にやられたと思いこんでる。とんだ濡れ衣だよ。ビビった達也が次は自分の番だと思って、やられる前にやりにきたんだ。ナイフを持った手は震えてたし、かわせると思ったんだけど、失敗した。心配させてごめんね」

「それ、俺のせいじゃないか。お前はとばっちりを受けて……」

水篶の声が震えた。水篶が怒りを抑えられなかったばかりに、冬征をとんでもない目に遭わせてしまった。

「俺だってあの場にいて、神通力が使えたら、水篶と同じことをしてた。水篶が暴れて、あいつらが泣くほどビビって、ざまあみろって思ったよ。だから、同罪だ」

「でも、刺されて痛い目に遭ったのはお前だけだ」

冬征は微笑み、綺麗に敷いたシーツの上に腰かけ、水篶を抱き寄せて膝に乗せた。

「水篶だって、空木珠を俺にくれたじゃないか。決断してくれてありがとう。俺は意識朦朧としているし、もし失敗したらと思うと怖かっただろう？　よく頑張ったね」

水篶を責めて怒ってもいいのに、冬征はそうしないばかりか、気遣い、労るところを見つけようとする。

「そういうの、やめろ。俺が悪い。お前を死なせるところだったんだ。ごめん」

「じつを言うと、水篶の告白を聞けたから、達也にはちょっとだけ感謝してる」

「告白？」

「空木珠を取りだす前に、俺の頰を撫でながら言ってくれたじゃないか。俺はずっとあの言葉が聞きたくて、あれを聞く前に死ぬのだけはいやだって、裏道で転がりながら思ってた。俺を伴侶にする、とも言ってた。……本気？」

「……」

ひたと見つめられて、水篶は動揺した。

口にしたときは本気だった。人間に刺されたことがもとで死なせるくらいなら、伴侶にしようと思ったのだ。

空木の魂の塊が水篶の胸にあって、水篶が生きるのを助けてくれているから、水篶はかたときも空木を忘れなかった。空木を胸に抱えたまま、空木の教えを破るなんて、絶対にできなかった。

水篶のためにくれた力を、勝手に冬征にあげてしまって、空木は怒っているだろうか。

でも、水篶は冬征を助けたかったのだ。なにに代えても、自分の命を落とすことになっても、冬征を生かしたかった。

水篶が幸せになるなら、空木も許してくれると信じたい。

もう、水篶の心は決まっていた。

「本気だ」

水篶が頷けば、不安げに強張っていた冬征の顔が、安堵で緩んだ。

安心するようなことではない。水篶の伴侶になるのは、いばらの道だ。

空木珠が神通力を循環させる基盤になってくれるだろうから、なにもしないまま伴侶にするよりは、転成しやすいかもしれない。

しかし、逆に水篶の神通力は極めて小さく、弱くなってしまった。器がよくても、注ぐほうがお粗末なら、力はいつまで経っても蓄えられない。

運に任せて、勝算の低い賭けに出る。

水篶が抱いているのは、そんなイメージである。

「冬征、もう一度よく考えてくれ。俺と伴侶の契りを結んだときの危険性について、お前も六花さまから聞いただろう。それに、本当に人間であることを捨てていいのか。祖父母とも会えなくなるんだぞ。喧嘩《けんか》したって、俺と一緒にいなきゃならない。俺から離れたら、生きていけないんだ。わかってるのか」

「わかってるよ。俺は水篶と一緒にいたい、離れたくない。五歳のときからそう言ってるのに、聞いてくれなかったのは水篶のほうだ。俺がまた消えたら、おじいちゃんとおばあちゃんは悲しむだろう。申し訳なく思うけど、俺が選ぶのは、いつだって水篶だけだ。水篶以外はいらない。水篶を愛してる」

水篶は小さく震えた。

これ以上、自分の気持ちを抑えるのは無理だ。

前途多難でもかまわない。努力して、どうにかできるなら頑張るが、たとえ水篶が今から二十年修行を積んだところで、伴侶を娶れる大きな神通力を宿すことはできないのだ。

ならば、心のままに愛したい。冬征を。

「俺もだ。冬征を愛してる。言っちゃいけないと思って我慢してたけど、ずっと愛してた。これからも、愛してる」

「……水篶！」

冬征が水篶を抱き竦め、そのままベッドに押し倒した。

空木珠を取りだしたときにはだけていた篠懸には触れず、いきなり括袴の腰紐《こしひも》を解き、ずり下げようとしてくる。

目当ては水篶の陰茎であろう。気が変わったと水篶が言いだす前に、さっさと精液を飲んでしまおうと考えているのかもしれない。

あるいは、お預けを食らっていた期間が長すぎて、もう一秒でも待てないほど切羽つまっていたのかも。

いささか乱暴な手つきで括袴を引きずり下ろした冬征は、下穿きも外して、水篶の陰部を剝きだしにした。

「と、冬征……」

間近で見つめられて、水篶は赤面した。

うなだれていた陰茎が、冬征の視線に嬲られて徐々に勃ち上がっていく。

「やっと味わえるんだ。水篶のこれを」

いただきます、と冬征は礼儀正しく挨拶をして、水篶のものを口に含んだ。

「あっ！　やっ、熱い……っ！　あっ、あぁ……」

水篶は目を見開き、冬征の口のなかの熱さに慄いた。

びっくりして捩れた腰を、冬征はがっちりと両腕で抱えこんで、正面に戻した。

勃起してもさほど大きくはない陰茎が、冬征の口にすっぽりと包みこまれ、舌で舐めまわされている。固定されても、水篶の腰は元気に跳ねた。

目も眩《くら》むような快感だった。

「ああっ、あぅっ、あっ」

断続的に漏れる声を抑えきれない。

タオルを使って先走りで濡れた陰茎を拭われたときにも、衝撃が走ったものだが、あれとは比べものにならない、まったく未知の喜びである。

「ううっ、や……あぁ……」

水篶は身体をくねらせながら、シーツを摑んだ。脚は大きく開かれて、その間に冬征が陣取って、陰茎をしゃぶっている。

口内では舌が絡みつき、根元を唇が締めつけ、軽く上下して扱いてくる。気持ちよすぎて、どうすればいいのかわからない。

腰が浮き上がるたびに、尻の孔がヒクヒクした。

「んっ、くぅ……ああ、冬征、冬征……！　すごい、あ、あ、あー……っ！」

初めての口淫を受けた水篶は、瞬く間に興奮の頂点に押し上げられた。堪える余裕もなく、陰茎がどくんと脈打って、射精が始まった。

冬征はただの一度も口を離すことなく、水篶の精液を舌で受け止め、喉に送りこんでいる。ごくり、と嚥下《えんか》する音が、水篶にも聞こえた。

ついに、飲ませてしまった。精液を放ちながら、水篶はそう思った。

冬征の精液は、とても甘くておいしい。何度でも飲みたくなる甘露である。冬征もそう感じてくれればいいのだが。

残滓も吸い上げて、唾液と精液を丁寧に舐め取って陰茎を綺麗にした冬征が、やっと顔を上げた。口元を拭いながら、眉根を寄せ、険しい顔をしている。

まずかったのか、と水篶はひやっとした。

冬征は怒ったような声で、

「甘い。おいしい。こんなの、絶対に毒じゃない。俺が口にしたなかで、一番おいしい」

とベタ褒めした。

「……本当に？　どんな感じだ？」

ほっとしつつ、水篶は掠れた声で訊いた。

天狗の精液を摂取した瞬間から、転成は始まるのだと聞いた。転成に失敗しても、一日に一回は必ず精液を飲まないと、飢えるという。

「よくわからない。身体が変わった感じはしないけど。量が少ないのかもしれないから、もう一回、飲んでいい？」

訊ねながら、冬征は顔を伏せ、陰茎を口に入れてしまった。不機嫌に見えたのは、おいしいものを味わい足りないがゆえの焦りだったようだ。

射精して小さく萎んだ水篶自身が、むくむくと膨らんでいく。

冬征は舌先を閃かせて、括れをこそぐように舐めたり、先端の穴を穿《うが》ったりした。二度目の余裕か、今度はじっくり楽しむつもりらしい。

「あんっ、やっ、ああ……」

嬲られるまま、水篶は喘いだ。

水篶が冬征の肉棒をしゃぶっていたとき、冬征もこんなに気持ちよかったのだろうか。濃い精液を飲みたくて、射精を我慢させていたことを思い出す。

これを我慢させるなんて、悪いことをしたなと、水篶は初めて反省した。同じことをさせられたら、泣いて暴れて、文句を言ってしまいそうだ。

それくらい、射精衝動とは抑えきれないものだった。

何事も経験しなければわからないものである。

「あ、あ、また……でる……っ」

二度目の射精も、あっという間だった。

いやらしく、ねっとりと動く冬征の舌の気持ちよさは格別で、持続力を身につける難しさを体感させられた。

精液が出なくなっても、冬征はしつこくしゃぶっている。

「んっ、んっ」

水篶の腰がうねった。

尻の孔が疼いて仕方がなかった。水篶はすでに、交わりで得られる快楽を知っている。挿入された冬征の肉棒と、包んだ肉襞が擦れ合うことで生じる甘美な悦《よろこ》びを。

「い、入れて……」

冬征の髪に指を絡め、水篶は小さな声で懇願した。

「その前に、柔らかくしないと」

名残惜しげに口から陰茎を出して、冬征が言った。

「いいから、きてくれ。俺の身体は、お前を受け入れるようになってる。俺だって、お前の精液が早くほしい。いっぱい出して」

開かされていた脚を、さらに大きく開いてみせると、冬征の目の色が変わった。欲情が深まって、暗い輝きを放っている。

それに見惚《みと》れている水篶の脚を抱え、冬征は尻に肉棒の先を押し当てた。充分に硬くなっているのが、それだけでわかる。

「……っ」

水篶は顎を上げて、小さく喘いだ。

閉じている肉の輪に、圧迫を感じた。準備が整っていても、弾力のあるものだから、すんなりとは入らない。

しかし、最初こそ少し抵抗を示したが、先端が入ってしまえば、あとは拒むことなく受け入れた。

冬征の先走りのおかげか、水篶が内側から濡れているのか、剛直が内部を進むときも滑らかだった。

滑らかすぎて、いきなり一番深い奥まで届いてしまった。

「……っ、ふっ、くぅ……っ！」

ぐりっと先端がねじこまれ、水篶の頭は真っ白になった。

急速に大きな波が押し寄せ、絶頂に追い上げられていた。腰が痙攣したように震え、なかに収まっている冬征自身を肉襞が締め上げ、揉みくちゃにした。

締めつけても押し返してくる、肉棒の硬さがたまらない。水篶の身体は無意識のうちに、それをさらに奥へと引きずりこもうとした。

「……っ」

冬征が苦しげに呻いた。

柔らかい媚肉に揉みこまれ、絞られて大変な思いをしているのだろうが、水篶にしても、反射的な反応だから止められない。冬征の肉棒が愛しくて、絡みついてしまうのだ。

しばらくじっとして水篶の絶頂をやりすごした冬征は、肉襞が緩んでくると同時に、律動を始めた。

「あっ、あっ！」

水篶は顔をしかめ、首を振った。

絶頂後の敏感になった肉襞へ与えられた強い摩擦は、どうしていいかわからないほど気持ちがよかった。身体が蕩けてしまいそうだ。

雄々しく張りだした括れが、肉の襞を一本一本伸ばすように押し擦ってくる。襞の間には、水篶の知らない愉悦が隠れていた。

「ううっ、は……っ、う……んっ」

獣のような呻き声が出た。

覆い被さってきた冬征の硬い腹に押しつぶされた陰茎も、冬征が動くたびに、確かな快感を拾っている。

冬征にしがみついて喘ぎながら、こんなに幸せでいいのだろうかと、水篶は思った。

こうして冬征と愛し合えるなら、転成なんて、できてもできなくても、どっちでもよくなってくる。

「水篶、水篶、愛してる……」

音がするほど腰を打ちつけながら、冬征が囁いた。

「うん…、俺も、あ……、あいし……んぁっ、ああ……んっ」

愛してると言いたいのに、愉悦が邪魔してしゃべれない。

言おうと頑張っているうちに、何度も言わせたい冬征の作戦だとわかった。言葉の途中で、必ずいいところを突き上げてくるのだ。

それでも、水篶は乗せられてやった。水篶が言えなかった十年ぶんの愛してるを、聞く権利が彼にはある。

可愛い冬征。水篶のものになった冬征。もう絶対に離れない。

「……う、あっ、あっ」

腰の動きが荒くなり、張りつめた冬征の肉棒が水篶のなかで弾けた。水篶を生き返らせる生命の源だ。

水篶も同時に放っていた。

二人は固く抱き合いながら頂から緩やかに下り、深い余韻に沈んだ。

# エピローグ

水篶と冬征は荒磐岳に帰ってきた。じつに、一ヶ月ぶりの帰還である。

懐かしい御山の空気を胸いっぱいに吸いこんで、水篶は傍らの冬征を見上げた。シャツにジーンズ、登山靴という、山に登るときのいつもどおりの恰好である。

「やっと戻ってこられた。慌ただしかったね」

「ああ」

水篶は苦笑した。

冬征と身も心も結ばれ、互いの精液で潤し合って、この先なにがあろうと、二人で生きていこう、死ぬときも二人一緒だと誓い合った。

とはいえ、なにもかも捨てて突然失踪すれば、冬征の祖父母に迷惑がかかる。自殺した両親のこともあるし、それはあまりにも無責任だということで、冬征は自分でできることはしようと駆けずりまわった。

水篶の精液を飲んだ日から、人間としての食欲は失せ、水篶の精液以外のものを身体が求めなくなっていた冬征だが、見た目は普通の人間で、天狗に転成が始まっているのかどうか、水篶にもよくわからないくらいだった。

冬征は会社に辞職届を出し、アパートの私物を可能なかぎり捨てていき、車も処分した。便利なので、すべてが片づくまで車は残しておくつもりだったが、だんだん冬征が触れた電化製品が動かなくなったり、壊れたりするようになり、車を処分するころには、エンジンがかからなくなってしまったのだ。

そして、冬征の姿が人間の目に映らなくなってきた。水篶のように、完全に見えなくなったわけではなく、日によってははっきり見えるときと、うっすら陽炎《かげろう》のように揺らぐことがあるらしい。

周囲の人間の反応で、おおよその事態を把握した二人は、慌てふためいて人間生活をやめる準備を急いだ。

最後の仕上げは、祖父母への挨拶である。

調子のいい日に、電車やバスを乗り継いで祖父母の家に行くと、冬征がなにか言う前に、二人はすべてを悟ったように頷いた。冬征の様子が、それだけ異様だったのだろう。

「今日はお別れを言いに来たんだ。今までありがとう。俺を育ててくれて、感謝してる。もしかしたら、俺がいなくなったあと、また迷惑をかけるかもしれない。できるだけ、片づけたんだけど。最後まで孝行できなくて、ごめん。おじいちゃんもおばあちゃんも、元気で長生きしてね」

「お前はどこへ行くつもりなの？　幸せなの？」

「愛する人と一緒になるんだ。幸せだよ。誰より、幸せになるよ」

ひっそりと水篶の手を握り、幸福を滲ませて断言する冬征を、祖父母は涙ながらに見送ってくれた。

そうして、人間の世界に別れを告げて、荒磐岳に戻ってきたのだ。

大堂興産がどうなったのか、金村や達也のその後の状況を摑むことはできなかったが、麓に散乱していたゴミは、片づけられていた。

誰が片づけたにせよ、もう二度と不法投棄が行われないことを願いたい。

平穏を取り戻した荒磐岳で、水篶と冬征の新しい生活が始まるのだ。

一ヶ月後、二人の暮らす小屋の戸を叩く者があった。

六花である。

「すまん。不動山でととさまの意見を聞いたのち、蓮生山に足を延ばしていたら、遅くなってしまった」

謝る六花に、二人はなりゆきを説明した。

「人間たちの間で、俺のしでかしたことがどんなふうに解釈されてるのか、わからないんです。冬征を刺した達也がどうなってるのかも」

「これ以上は関わらないほうがいい。ととさまもそうおっしゃっていた。人間に干渉するのはよくないが、干渉するなら誰にもばれないようにこそっとやれと言われ、その方法も教えてもらったのだが、こうなっては仕方がない。事件の風化を待とう。人間はどうせ、すぐに忘れてしまうから。それより、問題はお前たちだ」

六花は言った。

「触れた電化製品が壊れたり、人間の目に映らなくなったり、天狗っぽくなってきてる気がするんですが、俺自身はよくわからなくて。転成が進んでいるかどうか、六花さまならわかりますか?」

「うむ。二人の神通力の流れを見たところ、ちょっぴり進んでる。これくらい」

六花は親指と人差し指で、一ミリくらいの隙間を示した。

「すごく、ちょっぴりですね……」

「俺のかかさまは転成に二十年かかったと言っただろう。そんなにさくさく進むわけがない。お前たちなら百年くらいかかりそうだ。……冬征が老いなければな」

「……」

現実を突きつけられて、水鷲と冬征は肩を落とした。

この一ヶ月は何事もなく平和で、転成も順調に進んでいるような気もして、このままいい結果を得られるのではないかと期待していた。

やはり、見る人が見れば、一目瞭然なのだ。二人の生活が薄い氷の上に成り立っている、危ういものだということが。

「二人で蓮生山へ行くといい。主の高徳坊さまには、事情をお話ししたところ、快く受けていただいた」

「山替えしろということですか」

不安げに訊ねる水鷲の肩を、冬征が抱いてくれた。

「ここで転成期間を過ごすのは無謀だ。危険すぎる。山替えしたくないなら、居候として置いてもらえ。転成が終わったら、荒磐岳に戻ればいい。高徳坊さまはお前たちの希望を優先してくださる。しばらくは俺も蓮生山で修行をしているし、なにも心配することはない」

「本当にお世話になっていいのでしょうか。俺たちは、なにもできません」

移住に前向きに聞こえる冬征の言葉に、水鷲も心を決めなければならないときが来たのだと思った。

「転成中はなにもできなくて当たり前だ。ただ、無事に転成できることのみを考えて、二人で仲睦まじくすることが重要だと、高徳坊さまはおっしゃっていた。そうして、天狗になったあとは、ややこ作りが待っている」

「ややこ⁉」

水鷲と冬征の声がハモった。

「そうだ。ややこを産むのは、伴侶の最大の務めだ。高徳坊さまは、ややこを抱ける日を心待ちにしておられる。神通力の弱い二人なので無理だと俺は言ったのだが、なせばなるとおっしゃってな」

水鴛は冬征を見上げ、冬征も呆然と水鴛を見下ろしていた。

転成さえ危ういのに、ややこを産むなんて、今は考えられない。それに、産むとしたら、どちらが産むのだろう。

冬征が水鴛の腹に、視線を下げた。ここに孕《はら》ませてやりたいと考えている顔だ。

水鴛は思わず両手で腹を押さえたが、家族が増えるという想像は、独りぼっちだった水鴛の心をくすぐった。もちろん、冬征と二人きりでもまったくかまわないのだけれど。

とにもかくにも、転成のための棲みかを確保するのが先決だ。荒磐岳を離れるのは寂しいが、いつか必ず帰ってくる。

水鴛は冬征の目を見て、気持ちを確かめ、頷き合った。

「六花さま、蓮生山でお世話になります」

それがいい、と六花は頷いた。

不安はあるが、冬征がいれば乗り越えられる。水鴛と冬征は満ち足りた顔で見つめ合い、六花がいることを束の間忘れ、深く唇を合わせた。

# あとがき

こんにちは、高尾理一です。

この本は「天狗の嫁取り」「天狗の花帰り」「天狗の恋初め」と設定は同じで、登場人物が違う、天狗シリーズ第四弾です。

これだけを読んでも、わかるように書いていますが、恋初めで産まれた六花が、お助け天狗として活躍するので、前三作をお読みでないかたは、最初から読んでいただくと、より楽しめると思います。

これまで、不動山という日本有数の天狗の高密度生息地を舞台に書いてきたのですが、絶滅地域で一匹だけ生き残っている荒磐岳の固有種、ロンサム・水鶩（ロンサム・ジョージ的な）に焦点を当ててみました。

蓮生山も天狗が高密度に生息していて、生活水準も高く、大天狗の集会もあったりして、移住したら、その大都会っぷりに水鶩も冬征もおっかなびっくりです。

華やかな大都会に棲み、洗練された生活を送る小洒落た天狗たちを見て、「俺たち、こんなとこでやっていけるのか……」と田舎から出てきた二人はカルチャーショックを受けますが、高徳坊さまが箱庭結界を用意して、「転成が完了するまではここに籠り、二人で仲睦まじくするといいでしょう」と言ってくれるはずなので安心です。

転成したら、冬征はすごい天狗になりそうな気がする。ここまできたら、伴侶が天狗を孕ませるという前人未到の快挙を成し遂げてほしいです（笑）。

イラストは前三作に引き続いて、南月先生にお願いすることができました。水篶も冬征もイメージぴったりで、カバーの二人の雰囲気がとても好きです。一匹天狗の水篶と、水篶に甘えてる冬征に萌えました！　二人を素敵に描いてくださって、ありがとうございました。そして、大変なご迷惑をおかけして、申し訳ありませんでした。

担当さまにも、ここには書けないけど、いろいろとお世話になりました。

最後になりましたが、読者のみなさま、ここまで読んでくださってありがとうございました。

またどこかでお目にかかれますように。

二〇一五年七月　　高尾理一

高尾理一先生、南月ゆう先生へのお便り、
本作品に関するご意見、ご感想などは
〒101-8405
東京都千代田区三崎町2-18-11
二見書房　シャレード文庫
「天狗と神隠し」係まで。

本作品は書き下ろしです

CHARADE BUNKO

天狗《てんぐ》と神隠《かみかく》し

【著者】高尾理一《たかおりいち》

【発行所】株式会社二見書房
東京都千代田区三崎町2-18-11
電話　03(3515)2311[営業]
　　　03(3515)2314[編集]
振替　00170-4-2639
【印刷】株式会社堀内印刷所
【製本】ナショナル製本協同組合

落丁・乱丁本はお取り替えいたします。
定価は、カバーに表示してあります。


ISBN978-4-576-15125-0

http://charade.futami.co.jp/

CHARADE BUNKO

スタイリッシュ&スウィートな男たちの恋満載

## 高尾理一の本

お前の身体はどこを舐めても甘い

# 天狗の嫁取り

イラスト＝南月ゆう

祖父の葬儀で故郷を訪れた雪宥は、天狗が棲むといわれる山に迷い込んでしまう。天狗にとって純潔の男子は極上の獲物。逃げ惑う雪宥を助けてくれたのは、端整な容貌に白い翼を持つ山の主・剛籟坊だった。身の安全と引き換えに剛籟坊の伴侶となった雪宥は、その証として衆人環視のもと剛籟坊に抱かれることになり——。